Sandro Lehmann

Schatzsuche nahe der Ziegeninsel

Tredition

© 2020 S.Lehmann/ S.Lehmann
1.Auflage
Herausgeber: tredition GmbH, Halenreie 40-44, 22359
Hamburg
Autor: S.Lehmann
Umschlaggestaltung, Illustration: : tredition GmbH,
Halenreie 40-44, 22359 Hamburg
Lektorat, Korrektorat: tredition GmbH, Halenreie 40-44,
22359 Hamburg
Verlag & Druck: tredition GmbH, Halenreie 40-44, 22359
Hamburg
ISBN Taschenbuch: 978-3-347-16014-9
ISBN Hardcover: 978-3-16015-6
ISBN-e-Book: 978-3-16016-3
Bibliografische Information der Deutschen
Nationalbibliothek:
Die Deutsche Nationalbibliothek verzeichnet diese
Publikation in der Deutschen Nationalbibliografie;
detaillierte bibliografische Daten sind im Internet über
http://dnb.d-nb.de abrufbar

Unaufhörlich vibriert das Smartphone in der Hosentasche einer teuren Seidenhose.

„Ist ja gut, ist ja gut!" Schwankend nähert sich der großgewachsene sportliche Besitzer seinem störenden Wecker. Sicher wandern die kräftigen Finger über die Schutzfolie. Abrupt endet die immer lauter werdende Melodie.

Zufrieden sinkt er auf einen bequemen Schaukelstuhl. Sofort fallen seine Augenlider wieder zu. Gleich darauf unterbricht erneut etwas seinen wohlverdienten Schönheitsschlaf. Es ist die plötzlich zu spürende Kälte, die sich unaufhaltsam in seiner kleinen alten Finca ausbreitet.

Die ersten Frühlingstage sind angebrochen. Trotz wärmender Sonnenstrahlen hält sich die kühle Luft in den dicken Gemäuern. Unterstützt wird die ungemütliche Raumtemperatur von einem stetigen Windzug.

Hastig schweifen seine dunklen Pupillen Richtung Decke. Ziel seines Blickes ist ein großer rustikaler Deckenventilator. Ein langer Seufzer schallt durch das Wohn- und Esszimmer. Gleichmäßig wie bei einem Propellerflugzeug bewegen sich die langen Flügel des altmodischen Belüftungsgerätes.

Langsam schleichen die Erinnerungen vom zurückliegenden Abend wieder in Richtung seiner grauen Zellen. Schnell ist die kühle Raumtemperatur vergessen und er genießt ein paar Bilder in Gedanken mit Mrs. Foster. Es war nicht das erste Mal mit dieser attraktiven Mitvierzigerin gewesen. Langsam verblassen seine Erinnerungen, eines kann er dennoch deutlich erkennen. Sie hatte den Ventilator eingeschaltet, bevor sie beide vollkommen verschwitzt auf der riesigen Matratze des Eisenbettes eingeschlafen waren.

Die Gegenwart hat ihn wieder. Wie gewohnt war sie schon wieder verschwunden, was beiden vollkommen recht war. Denn Verlieben, das kommt für ihn nicht mehr in Frage.

Plötzlich werden seine Bewegungen schneller, als sich schwere Reggae-Klänge aus Richtung seines umfunktionierten

Weckgerätes ertönen. Zielsicher schießt seine gebräunte Hand in die Hosentasche. Der Name „Phil" leuchtet auf dem Bildschirm.

Aufmerksam drückt er ohne zu zögern auf das Verbindungssymbol.

„Nun, wenn du anrufst besteht so etwas wie Lebensgefahr. Oder drückt dich das schlechte Gewissen?"

„Hallo, Leo. Entschuldige, dass ich schon wieder mal lange nichts von mir hab hören lassen."

Leonardo vernimmt das gewohnte Ausatmen auf der anderen Seite der Leitung. Er weiß sofort, Phil steht mit einer Zigarette in der Hand auf dem Balkon seiner kleinen Wohnung.

Sie kennen sich schon seit Ewigkeiten. Leonardo weiß genau, wenn er sich meldet, braucht er eine Abwechslung.

„Na, was hast du denn auf dem Herzen?", fragt Leo gespannt.

„Wann kann ich kommen?", platzt es aus Phil heraus.

„Hoppla, nun lass mich erstmal überlegen." Trotz allen fehlenden Schlafes, ist Leo hellwach. Diese zielstrebige Reaktion von Phil ist er nicht gewöhnt.

„Ist morgen in Ordnung?", dringt er weiter auf ihn ein.

„O…okay", stottert Leo. Die Verbindung bricht ab. Es dauert nicht lange bis Leo zu schmunzeln beginnt.

„Na endlich, alter Freund. Zeigst du seit langem mal wieder Kampfgeist". Er spricht zum Lieblingsspielzeug des Menschen im 21. Jahrhundert, wohlwissend, dass Phil ihn nicht mehr hören kann.

Angetrieben durch den bevorstehenden Besuch, krempelt er seinen eigentlichen Tagesablauf um. Gezielt nimmt er einen großen Schlüsselbund aus einem neumodischen Metallkasten. Er fragt sich jedes Mal, warum er ihn noch nicht durch einen antik aussehenden Schlüsselkasten ersetzt hat. Dabei kennt er die Antwort ganz genau.

„Ach, Monica. Hiermit machst du dich unvergesslich", haucht er mit verführerisch verstellter Stimme in Richtung „Moderner Kunst". Monica, eine seiner zahlreichen Liebschaften mit einem ständigen Hang zur Veränderung seiner Inneneinrichtung. In sie, auch wenn er es nie offen zu geben würde, war er verliebt. Deutlich brannten ihre letzten Worte noch lange Zeit in seinem Gedächtnis.

„Lass diesen Quatsch und genieße dein freies Leben", flüsterte sie ihm zum Abschied ins Ohr.

Lange versucht Leo noch, ihre Aufmerksamkeit zurück zu gewinnen. Fast täglich führte ihn sein Weg vorbei an einem der prächtigsten Anwesen im Osten seiner Wahlheimatinsel. Doch der Besitzer dieses kleinen Schlosses, Monica´s dritter älterer Ehemann, kündigte Leo´s Vertrag zur Pflege der prächtigen Grünanlagen. Leo wusste, dass es ihre Entscheidung war.

In der Zwischenzeit vergnügt sie sich ziemlich offenherzig mit Roberto, dem angesagtesten Poolboy von Mallorca. Ein kerniger, gutaussehender Baske mit einem durchtrainierten Oberkörper, hinter dem selbst er sich noch verstecken könnte.

Übrigens Pool. Das morgendliche Bad nehme ich bei den Fosters ein. Endlich reißt ihn dieser Gedanke in die Realität zurück. Die Gelegenheit ist günstig, denn die Hausherren sind geschäftlich in London unterwegs. Seine Aufgabe besteht unter anderem darin, das riesige protzige Schwimmbecken täglich mit frischem Wasser aufzufüllen.

Wut kocht in ihm hoch. Seine starke Hand presst den Schlüsselbund, bis ein Knirschen zu hören ist. Bei all der Wasserverschwendung, auch hier auf dieser wunderschönen Baleareninsel. Es freut den Umweltschützer, es mit in der Hand zu haben, unserem Planeten etwas zu helfen.

Ganz klar, dass die heutige Nachfüllung entfällt und dafür nur ein Bruchteil des kostbaren Wassers für die nötige Hygiene seines Körpers benötigt wird.

Lässig verschwindet der Schlüsselbund in seinem Rucksack. Ein Handtuch findet seinen Platz auf der breiten Schulter. Sein allmorgendlicher Blick in den riesigen rustikalen Badspiegel fällt heute kurz aus. Schnell wandern seine Augen aus dem faltigen Gesicht in Richtung seiner unbedeckten Adonisbrust. Zumindest da stellt sich ein zufriedenes Lächeln ein.

Unmittelbar danach rollt langsam ein etwas in die Jahre gekommener Jeep über einen schmalen Schotterweg hinaus zur Schnellstraße.

*

„Alles in Ordnung bei Ihnen?", erkundigt sich eine angenehme Stimme bei dem Passagier auf dem Sitzplatz B32.

„Oh es geht schon", stammelt der ausgesprochen großgewachsene Mann zurück. Die freundliche Flugbegleiterin bemerkt sofort eine Mischung aus Verlegenheit vor Frauen und Angst vor dem Fliegen.

„Noch können Sie sich ein paar Schritte bewegen. Glauben Sie es mir, ein wenig Ablenkung bringt einem schnell auf andere Gedanken".

Unbeholfen lächelt der nervöse Fluggast zurück, versucht dabei jeglichen Augenkontakt zu vermeiden.

„Hey! Werde ich hier auch mal bedient?", schallt eine angetrunkene Männerstimme durch den Innenraum des Airbus.

„Ja, dich meine ich, Püppchen! Oder soll ich hier verdursten?" Ein Rülpser folgt. Johlendes Gelächter von zwei Nachbarplätzen setzt ein, offenbar seine Anhänger. Passagier B32 gerät in Wut.

Erregt springt er von seinem Sitz. Instinktiv krempelt er die Ärmel seines Lacoste-Hemdes nach oben.

„Alles in Ordnung, mit diesem Herrn werde ich schon fertig! Aber sehen Sie, ein bisschen Ablenkung und schon ist die Angst verschwunden." Augenzwinkernd legt die Flugbegleiterin kurz und anmutig ihre Hand auf seine schmale Schulter.

„Vielen Dank", fügt sie noch hinzu. Dann dreht sie sich weg, um das lautstarke Problem kurzerhand zu lösen. Bis zur ersehnten Landung ist Passagier B32 in einer Mischung aus Freude, Wut und Neugier gefesselt. Beim Verlassen des Flugzeuges schafft er es tatsächlich, der schönen Flugbegleiterin in ihre blauen Augen zu sehen.

Er spricht sie an. Doch es wird eher eine Art Stammelei.

„Passen Sie auf sich auf und naja, mit Ihnen." Kurze Pause. „Wie soll ich sagen, war alles halb so schlimm." Schnell kehrt diese blöde Unsicherheit in seine Stimme zurück. Sein Hals wird trocken, der Blick senkt sich schnell. Doch da war sie wieder, diese angenehme und aufbauende Stimme.

„Ich hoffe wir sehen uns mal wieder. Ach, hat mein Held auch einen Namen?" Natürlich hat sie seinen Namen auf ihrer Liste. Dennoch ist es ihr ein Bedürfnis, ein paar Worte mit ihm zu wechseln.

„Entschuldigung, natürlich. Wie konnte ich nur vergessen, mich vorzustellen?" Endlich schafft er es, wieder Blickkontakt aufzunehmen.

„ Phil... Phil heiße ich".

„Geht's hier noch mal weiter?", unterbricht das gleiche lallende Organ von vorhin diese wunderbare Konservation. Phil muss weiter und verliert die Flugbegleiterin abrupt aus den Augen.

Nachdenklich und tief enttäuscht nimmt Phil die endlosen Rolltreppen dieses riesigen Terminals.

„Hola, Senor!", raunt es ihm entgegen.

„Senor! Les va bien, Senor?"

„Natürlich geht es mir nicht gut." Diesen Kommentar richtet er jedoch eher an sich selbst. Zufällig bemerkt er aus den Augenwinkeln einen Beamten in Uniform, der ihn argwöhnisch mustert.

Prompt wird ihm bewusst, wie er auf den Polizisten wirken muss.

„Estoy bien gracias. No problema", antwortet er nun freundlich. Er ist froh und stolz zugleich, auf die wenigen Vokabeln in einer fremden Sprache. Sich einfach nur trauen und es versuchen. Unheimlich, welche Gedanken man manchmal miteinander verknüpft. Hier in dieser gigantischen Flughafenhalle, im Gespräch mit einem Gesetzeshüter, kommen Erinnerungen an den Rat eines verstorbenen Kollegen hoch. Dabei schmunzelt Phil und schüttelt leicht seinen Kopf. Sein Gegenüber nimmt das jedoch zum Anlass, um noch einmal nachzuhaken.

„Tienes un problema, Senor?"

„No, no. Muyeres und amor", stammelt er noch dazu, um ihn zu überzeugen.

Und, tatsächlich es funktioniert. Zufrieden lässt er nun ab von ihm, scheinbar hat er momentan solche Sorgen. Phil beschleunigt seinen Schritt, Richtung Ausgang. Angenehm milde Luft strömt ihm entgegen, als sich die Tür in Richtung Freiheit öffnet. Zahlreiche Taxifahrer gestikulieren ihm zu. Müde lächelnd lehnt er dankend ab und macht sich immer wieder größer, um hinter die parkendenden Chauffeurkutschen blicken zu können. Doch er entdeckt nicht, was er will. Entnervt schnappt er sich seinen großen Trolley und flüchtet zu einem kleinen Grünstreifen.

Plötzlich vernimmt er ein dumpfes Hupsignal. Sein Blick wandert rasch zur anderen Straßenseite.

„Da ist ja der Sonnyboy", murmelt er leise und ruft dann herüber:

„Warte, ich bin gleich bei dir!"

„Ich habe nicht vor, wegzulaufen", schallt es spontan von Leo zurück. Hastig überquert Phil die Straße.

„Mensch, Leo, ich muss doch öfter kommen!"

„Nicht so schnell mit solchen Behauptungen."

„Ja, ja hast ja Recht. Aber eins muss ich gleich loswerden. Ist nicht bös gemeint, nur ein kleiner Tipp."

„Na, dann lass schon hören."

„Ha, da ist es schon wieder. Du alter Weltenbummler, dein Deutsch hat einen mächtigen Akzent bekommen. Nicht, dass du es noch ganz verlernst. Denk bitte daran meine Spanischkenntnisse sind sehr rudimentär. Es wäre furchtbar, wenn wir uns nicht mehr verständigen könnten."

„Du bist immer noch der Gleiche. Aber es ist wirklich schön dich zu sehen." Wenn jemand Phils eigenartigen Sinn für Humor versteht, dann ist es Leo.

Dieser reicht ihm herzlich seine grobe Hand entgegen. Dabei bemerkt er ein kurzes, fast unsichtbares Zögern seines alten

Weggefährten. Seine breite Stirn bekommt einen nachdenklichen Ausdruck.

„Also, Phil, alter Freund. Ich weiß, dir ist es lieber Abstand zu halten. Aber zwischen uns beiden? Oder wirken die Anzeichen einer deiner zahlreichen Phobien nun leider auch bei mir?" Eine auffällige Schamesröte durchzieht die Stirn und Wangen von Phil.

„Wenigstens ist es dir ein wenig peinlich, komm her." Leo umarmte ihn und spürte dennoch eine distanzierte Haltung.

„Du musst dich nicht so steif machen, ich zerbrech dich schon nicht!"

„Ich weiß, ich bin nicht einfach. Aber nun starte schon deine alte Rostlaube und bringe uns an einen ruhigeren Ort. Hier auf diesem wunderschönen Fleckchen Erde."

„Gut, dann ab in ein kleines Restaurant. Ich habe einen Bärenhunger."

„Nein, nein. Mir ist heute nicht mehr nach so vielen Menschen. Lass uns doch was besorgen und ich koche uns etwas bei dir. Du glaubst gar nicht, wie ich mich freue deinen na, ich sage mal kleinen, aber feinen Landsitz zu betreten."

„Das klingt ja fast wie Bewunderung! Und das aus deinem Mund?" Leo lacht kurz auf und gibt seinem Beifahrer ein augenzwinkerndes Kopfschütteln.

„Nun komm schon, bitte." Die Aufforderung des Fahrers gilt dem scheinbar unverwüstlichen Dieselmotor. Sein Flehen wird erhört und von einer dicken Qualmwolke begleitet. Man spürt, dass ihn es als Umweltaktivisten mächtig stört. Doch manche Dinge kann man nicht von heute auf morgen ändern. Für ein sauberes Fahrzeug ist so schnell kein Geld übrig.

Kaum zwei Querstraßen weiter unterbricht Phil die kurze Zeit der Stille.

„Leo?"

„Ja."

„Kannst du bitte deine Fensterscheibe ein Stück höher kurbeln?" Laut schnaufend kommt er der Bitte nach.

„Ich danke dir. Ich bin so froh dass dein Fahrzeug keine Klimaanlage hat. Furchtbar. Mir wird gleich ganz kalt, wenn ich nur daran denke."

„Wie machst du das bloß? Du findest immer was zu meckern."

„Dass alle immer gleich denken, ich schimpfe. Es sind nur meine Empfindungen. So, wie ich mich wohlfühlen würde. Verstehst du?"

„Verstehe." Im selben Atemzug reißt Leo das Lenkrad abrupt nach rechts und stoppt den Wagen unsanft vor einem kleinen Geschäft.

„Wie sieht es aus, kommst du mit rein? Ich versichere dir, in Pedros Laden ist es sauber. Warte kurz, was ist dir noch wichtig? Ach ja, wenig Menschen das passt momentan. Ach so, die Klimaanlage."

„Wir können uns ja beeilen", unterbricht ihn Phil. Zügig verlässt er das Fahrzeug und begutachtet das Gemüseangebot neben der Eingangstür.

„Ich muss zugeben, wenn es dann auch noch so schmeckt wie es aussieht, bin ich überzeugt. Unglaublich diese Vielfalt, schon zu dieser Jahreszeit." Phil staunt bewundernd.

„Gut, dann kümmere ich mich um das Fleisch und den Fisch."

*

Zwei dicke und saftige Rindfleischscheiben schmoren später über einer Feuerstelle direkt hinter der Finca von Leo. Dieser Platz liegt im Schatten.

Der Hausherr hatte es bewusst so ausgewählt, denn hier erreicht die Sonne niemals den Erdboden. Rings um dieses Fleckchen Erde wächst kaum ein Grashalm.

Ein perfekter Ort für Feuer, da es hier der Natur eh schwer fällt, sich zu entwickeln. Außer wenigen Moosfetzen. Leo pfeift vergnügt eine spanisch klingende Melodie. Während das Fleisch sich im Tanz mit den züngelnden Flammen befindet.

„Ist das nicht ein sinnenbetörender Duft, der von meinem Kräutersud ausströmt!" Phil streckt hochmütig seinen Kopf aus einem kleinen Fenster mit Holzklappläden. Deren letzter Farbton, ein helles Grün war.

„Ich gebe zu, deine Künste zur Zubereitung von Nahrung sind echt einfallsreich und erzeugen einen Riesenappetit."

„Du solltest doch meinen Fisch in Alufolie packen!" Entsetzt winkt Phil mit der silberfarbenen Rolle.

„Aber so bekommt er doch gar keinen Geschmack."

„Der Gesundheit wegen möchte ich ihn aber so!"

„Manchmal machst du mir Angst mit deinem Gesundheitsfimmel. Eigenartig, denn einen guten Tabak genießt du ja auch gelegentlich. Aber gut, wirf die Rolle rüber."

Der Tisch ist gedeckt, ein perfektes Plätzchen, die Natur und das Essen laden an der frischen Luft zum Entspannen ein.

„Es schmeckt vorzüglich. Das hätte ich diesem kleinen Laden gar nicht zugetraut." Dabei lehnt sich Phil im Stuhl zurück und genießt sichtlich den Zeitpunkt.

„Einige Sachen sind teurer als im Supermarkt. Dafür schmecken sie, so finde ich zumindest, viel intensiver. Pedros Schwager besitzt zahlreiche Felder mit

Gemüse. Ohne chemische Pflanzmittel, Natur pur halt."

„Oder auf gut Deutsch, biologischer Anbau", erwidert Phil.

„Meinetwegen, nun erzähl schon, wie läuft es in der Großstadt?" Bevor er antwortet, kaut er den letzten Bissen des Fisches extrem länger als sonst. Man spürt, er überlegt genau mit seinem nächsten Satz.

„Generell wie überall in den Big Cities. Es wird immer schnelllebiger, auch Berlin macht da keine Ausnahme. Sieh mal, Leo, wir sind jetzt Mitte vierzig. Ich für meinen Teil merke, dass ich schnell antriebslos bin. Diese stetige Hektik hängt mir immer mehr zum Hals raus." Er erhebt sich und läuft unruhig auf und ab.

„Dann nimm dir eine Auszeit. Etwas Geld wirst du ja gespart haben. Einen Anruf bei Fernando und schon morgen könntest du dir hier ein paar Grundstücke ansehen."

„Sachte, sachte." Nachdenklich nimmt er wieder vor seinem leeren Teller Platz.

„Oder auf einer der kleineren Nachbarinseln, da gibt es noch ruhigere, lauschigere Paradiesflecken."

„Du kennst mich, ich sitze auf meinem Geld. Eh ich etwas ausgebe, ist es wohl überlegt." Unruhig dreht er dabei seine Gabel mehrfach in seiner Hand.

Leo dagegen bleibt gelassen und streckt entspannt seine Beine unter den weißen Holztisch aus.

„Trotz hoher Immobilienpreise kann man ein Schnäppchen machen. Sicher, ein paar Abstriche müsstest du in Kauf nehmen, aber in baulichen Maßnahmen würde ich dir helfen."

„Langsam, Leo. Ich weiß deinen Eifer zu schätzen. In meinen Gedanken habe ich mir schon alles zu Recht gelegt. Doch so einfach mein jetziges Leben aufgeben?" Wieder steht er auf und schlendert bis zur Terrassentür, an die er sich schwerfällig anlehnt.

„Was gibst du auf? Einen Partner, der auf dich wartet oder…?"

„Nein, das nicht." Phil fällt ihm ins Wort. Erschrocken über sich selbst, trottet er zu seinem Platz zurück.

„Dafür mein festes Einkommen und die vertraute Umgebung."

„Gut, Phil, das Angebot steht. Wenn du mich brauchst, wir bekommen das schon hin."

„Für mich ist es kompliziert. Auf der einen Seite will ich raus aus dieser immer wiederkehrenden Schleife von „Täglich grüßt das Murmeltier! Auf der anderen Seite liebe ich meine stetigen Gewohnheiten."

„Du bist immer wieder herrlich. Einen guten Rat habe ich trotzdem für dich. Den habe ich selber schon erlebt. Von welchem Gelehrten er ist weiß ich nicht, aber er kann zu treffen."

Leo setzt sich gerade auf und sieht ihm fest in die Augen. Danach spricht er mit klarer Miene. "Wo ein Ende ist, ist immer ein neuer Anfang!"

„Eine ausbaufähige Lebensweisheit", ergänzt Phil trocken. Er hat sich wieder gefangen und geht in eine Art Kampfposition. Leo versteht seine Anspielung und nimmt dies zur Gelegenheit, das Thema auf sich beruhen zu lassen.

„Ich bringe dir die Flasche Wein, Phil, die du vorhin besorgt hast."

Leo erhebt sich und geht barfuß ins Haus. Phil wirkt gleichzeitig nachdenklich. Bei aller Einsamkeit, die er so sehr schätzt, heute Abend ist es schön, nicht allein zu sein.

Mit schlurfenden Schritten aus Richtung Terrassentür kommt Leo endlich zurück.

„Jetzt frierst du wohl auch mal?", fragt Phil neugierig nach und blickt dabei auf Leos Sandalen.

„Ein wenig."

„Ich bin richtig neidisch. Mensch, wie machst du das?"

„Abhärtung, nenne ich das. Tja, ich denke, das hat sich im Laufe der Jahre so entwickelt. Wenn man, wie ich, immer den ganzen Tag an der frischen Luft ist, gewöhnst du dich daran. Okay, wenn ich bei meinen Kunden bin, trage ich natürlich Schuhe. Aber ansonsten kann ich es kaum erwarten, die Dinger loszuwerden."

Leo zieht einen der rustikalen selbst gebauten Holzstühle zurück und setzt sich. Gleichzeitig füllt er Phil ein Glas mit Weißwein.

„Besten Dank. Du bleibst deiner Linie sicher treu und trinkst nicht mit." Wie zur Bestätigung leert der stämmige Naturbursche sein mit Wasser gefülltes Glas in einem Zug.

„Ja und das bleibt auch so. Was ich schon an Alkohol getrunken habe, das langt für zwei Leben."

„Hm, verstehe. Du hast viel verloren. Aber heute lassen wir die alten Zeiten ruhen und schauen in die Zukunft."

„Hört, hört. Na, dann leg mal los. Was hast du denn auf dem Herzen, was führt dich her?" Gespannt wartet Leo, während Phil sich erhebt. Bevor er jedoch mit seinen

Ausführungen beginnt, wirft er sich eine dünne Strickjacke über.

„Entgegen meiner Art, werde ich es kurz machen und gleich auf den Punkt kommen."

„Soll mir recht sein."

„Genau genommen, finde ich mein Leben langweilig." Eine kurze Pause entsteht. Plötzlich spürt man diese unsagbare Stille hier draußen. Nur das Zirpen einiger Grillen ist zu hören. Schließlich bricht Leo das Schweigen.

„Entschuldige, ich vermute jeden zweiten Menschen geht das so. Soweit wie ich mich erinnern kann, fühltest du dich bisher wohl damit."

Leo wartet auf eine Reaktion von Phil. Vergebens, er fährt fort.

„Dein Leben läuft geordnet, organisiert, nach Plan. Das einzige Spontane sind deine Treffen mit mir. Luftveränderung, Kopf frei kriegen, nenn es wie du willst." Phil steht schon lange nicht mehr still, läuft auf und ab. Zielstrebig wieder in Richtung der alten Tür.

„Was ist wirklich los?" Entschlossen packt Phil die Weinflasche und füllt das Glas voll. Mit einem Satz leert er es und knallt es unsanft auf den Tisch.

„Diesmal ist es anders. Seitdem sie meine Abteilung in unserer staubigen Papierburg, wie du immer so schön sagst, komplett umgekrempelt haben."

„Oh, das ist natürlich fast wie Weltuntergang für dich." Phil nähert sich wieder dem Tisch, seine Augen beginnen vor Zorn zu funkeln.

„Da setzen die mir einen neuen Vorgesetzten vor die Nase. So einen Grünschnabel, keine Erfahrung, großes Mundwerk."

„Selbstbewusst, mein Lieber. Selbstbewusst nennt man das. Obwohl ich das an der jungen Generation von heute schätze. Sie sagen gerade heraus, was sie denken. Das ist etwas, was wir zu spät gelernt haben oder uns nie vermittelt wurde. Aber fahr fort."

Leo stützt das Kinn auf seine gefalteten Hände und sieht seinem Gegenüber gespannt in die Augen.

„Selbstbewusstsein? Na, wie du meinst. Für mich persönlich ist diese Person ein glasklarer Fall von Hochmut, Arroganz und Verachtung!"

„Oh lala, das ist aber starker Tobak. Dieser Typ macht dir wohl schwer zu schaffen? Du klingst ziemlich verzweifelt."

„Deswegen musste ich raus. Besser gesagt unbezahltes Frei, wurde mir verordnet!" Leo erhebt sich plötzlich und fordert Phil schmunzelnd auf ins Innere des Hauses zu gehen.

Denn Leo ist nicht nur ein guter Zuhörer, sondern ein noch besserer Beobachter. Was Phil jetzt zu spüren bekommt, denn aus seinen Augen leuchtet Dankbarkeit. Ihm ist schon eine Zeit lang kalt, trotz der Gefühlsausbrüche.

„Lass uns reingehen. Deine Gänsehaut ist nicht zu übersehen." Drinnen legt Leo zwei Holzscheite in die schwelende Glut im alten

Kamin. Eine angenehme Wärme breitet sich aus.

Der Hausherr schnappt sich eine Schüssel mit Obst und nimmt auf einem gemütlichen Sessel Platz, die nackten Füße legt er auf den dazu passenden Hocker.

Die Wut seines Gastes ist verflogen. So beschaulich, wie die Atmosphäre momentan in dieser kleinen Finca ist. Genau so, genießt er es. Das Feuer gewinnt die Oberhand über die Holzstücke, Funken fliegen umher.

„Ich könnte zu einer anderen Zeitung oder Nachrichtendienst gehen. Ich würde sicherlich etwas finden. Doch ich habe mir auf dieser Reise geschworen, meinem Vorgesetzten wieder gegenüber zu treten." Kleinlaut schiebt er nach:" Vielleicht habe ich den Mund auch zu voll genommen."

„Warum?"

„Unsere letzte Diskussion wurde zum Wortgefecht. Ich wollte dabei unbedingt das letzte Wort haben. Ich habe ihm an den Kopf geknallt, mit einer großen Titelstory zurück zukommen."

„Und die willst du hier finden? Möglich, dass hier das eine oder andere Umweltvergehen vorkommt, aber etwas Spektakuläres? Aber warum nicht? Du bist schließlich der Profi im Rumschnüffeln."

„Oder ich entdecke was, wo ich mal der Erste bin!"

„Ich kann mir denken, auf was du anspielst. Du willst unter die Schatzsucher gehen." Seufzend lässt Phil seine Schultern hängen. Kurzzeitige Stille breitet sich aus, nur das Knistern in der Feuerstelle ist zu hören.

„So leicht bin ich zu durchschauen?"

„Ich erinnere dich nur kurz daran, was du seit deinem letzten Besuch hier bunkerst."

„Du hast die Sachen noch?" Phils Augen wechselten mal wieder von Enttäuschung zu Begeisterung.

„Natürlich steht alles drüben in der Garage."

„Der Metalldetektor und die Tauchausrüstung?" Leo nickte aus einer Mischung von Bestätigung und

Unsicherheit. Schnell hakt er nach, Phils Enthusiasmus ist ihm unheimlich.

„Was hast du vor? Willst du tauchen und dich in Lebensgefahr bringen? Vor allem was willst du finden?" Er macht ihm deutlich, was er von dieser Idee hält.

„Lach ruhig über mich. Ich werde etwas finden! Egal ob dort oder woanders."

„Wo ist dort?" Plötzlich versprüht Leo einen Funken Neugier. Als hätte Phil auf diese Frage gewartet, präsentiert er in seinem Taschenkalender einige Aufzeichnungen. Leo schaltet eine wacklige Schreibtischlampe ein und sieht konzentriert auf das Geschriebene.

„Ich will dir nicht gleich die ganze Hoffnung nehmen, aber dort wirst du nichts finden." Inzwischen befindet sich eine moderne, schmale Lesebrille auf Leos Nase. Durch die er den „Schreibtischabenteurer" regungslos ansieht.

„*Cabrera*! Die Ziegeninsel. Du bist nicht der Einzige, der rings um die Insel nach alten Wracks sucht."

„Das ist mir bewusst. Doch ich werde es dem Grünschnabel beweisen, ich finde etwas. Das ist mir absolut wichtig!"

„Eine sehr ruhige Gegend, fast unbewohnt ist dieser Inselarchipel."

„Außer das Gemecker von tausenden Ziegen." Phil vergeht das Lachen schnell wieder, als er Leos fragwürdigen Blick sieht.

„Das ist schon sehr lange her, dass *Cabrera* mit diesen Tieren übersät war. Alle Ziegen wurden von der Insel gebracht. Sie haben mit ihrem Heißhunger für Gras keinen grünen Zipfel mehr übrig gelassen. Ziemlich dürftig deine Grundlagen für das Schatzgebiet."

Phil bleibt still.

„Gut, alter Knabe. Ich kann dir in dieser Sache nichts versprechen, denn so ein Vorhaben erfordert Vorbereitung. Nach Schiffen tauchen, also weißt du. Was Besseres ist dir wohl nicht eingefallen?" Phil schweigt weiter, wirkt in sich gekehrt.

„Wir werden morgen sehen, ob es möglich ist, ein Boot aufzutreiben. Tja und Taucher. Wir brauchen Genehmigungen, müssen mit der Polizei sprechen. Das wird ein großer Aufwand. So ein Vorhaben verschlingt viel Zeit und Geld, viel Geld. Ich muss mir das alles durch den Kopf gehen lassen."

Nicht ohne Grund betont Leo die gesamten Erschwernisse lautstark. Er selber findet es eine verrückte Idee. Ehrlich gesagt, verspürt er kein großes Verlangen, seine Zeit damit zu vergeuden.

Doch Phil ist ihm ans Herz gewachsen. Öfters hat dieser komplizierte Bürokrat den einen oder anderen wichtigen Behördenbrief für ihn verfasst. Ohne seine Hilfe wäre Leo trotz seines eigenen unbändigen Eifers nicht so weit gekommen.

Doch nur aus Dankbarkeit wollte er ihm nicht helfen. Nein, es muss doch möglich sein, die Lebensfreude, den Mut gerade hier auf dieser wunderbaren Insel in einen Menschen zurückzuholen.

„Also der Reihe nach. Ein paar Erledigungen habe ich morgen. Doch es wird sich dafür schon Zeit finden. Schlaf noch mal eine Nacht drüber, mal sehen, ob du morgen andere Gedanken hast."

„Ich will es versuchen. Momentan bringt mich nichts davon ab. Übrigens schlafen, kannst du mir bitte eine Decke geben?"

„Der Schaukelstuhl ist auf Dauer nicht bequem. Darin findest du keinen ruhigen Schlaf."

„Lass mal, ich komm schon klar. Ich danke dir. Schlaf gut, Leo."

„In Ordnung, du auch. Gute Nacht, Phil." Stille breitet sich aus in dem kleinen alten Haus. Nur ein Motorrad in der Ferne ist zu hören, wie es sich in die Kurven legt.

*

„Was ist das für ein Geräusch? Phil, hörst du das auch? Phil? Sag bloß, du kannst dabei noch schlafen."

Nein, er liegt nicht in seinem Bett. Er ist für das Geräusch im angrenzenden Garten verantwortlich.

Leo begutachtet müde die sich ihm bietende Szene hinter der offenen Terrassentür.

„Du kannst es wohl nicht mehr abwarten? Von hier sieht es aus wie eine Filmszene von Indiana Jones."

Diese Bemerkung ist zutreffend, denn Phil steht in seinen Wanderklamotten auf dem Stück urbarer Erde und lässt den utopisch wirkenden Metalldetektor haarscharf über den Boden gleiten. Dabei sind überdeutlich diese Knistergeräusche zu hören.

Phil *versprüht* schon am zeitigen Morgen mit breitkrempigen Cowboyhut einen kaum zu beschreibenden Elan. Speziell diese Kleidung *versprüht* den Charme dieses Filmhelden.

„Komm mal rüber und sieh dir das an."

„Wie tief willst du hier noch buddeln?" Leo sieht bestürzt auf ein Erdloch neben dem aufgeregten Schatzgräber.

„Tiefer wird es nicht, keine Angst." Leo begutachtet unterdessen zwei, drei Tonscherben. Flüchtig sieht er auf den Rest der auf dem Erdboden liegt. Ein abgebrochenes Stück von einer Mistgabel und eine verrostete Fahrradklingel.

„Für eine Titelgeschichte langt das hier leider nicht. Nun schütte das Loch wieder zu und lass uns den Tag erstmal mit einem ausgedehnten Frühstück beginnen.

„Du wirst schon sehen, ich werde etwas finden." Später am reichlich gedeckten Tisch inspiziert Phil nochmals die Tonscherben. Für Leos Geschmack ein wenig zu lange, auch wenn er ein Befürworter von langen Esszeiten ist.

„Wenn du heute noch mit mir los willst, solltest du deinen Kaffee langsam austrinken. Sicher ist der schon kalt wie das Wasser der Ostsee."

„Hier bei dir auf der Insel gibt es bestimmt jemanden, der diese wundervollen Antiquitäten bestimmen kann." Phil erhebt sich ungeduldig und geht zum Fundort zurück.

„Ja, sicher. Sei nur nicht zu sehr enttäuscht, wenn es Splitter einer selbstgetöpferten Müslischale sind. Vom Vorbesitzer dieser Finca, wäre möglich."

„Spotte du nur. Ich finde etwas und wenn ich die halbe Insel dafür umgraben muss." Stolz greift er nach dem Spaten, um weiter zu graben.

„Gut, wir müssen los." Leo bemerkt das sanfte Worte nichts mehr bringen.

„Pass auf, ich mache dir einen Vorschlag. Ich setze dich in Palma ab und du beginnst schon mal deine Schnüffelnase auszustrecken. Vielleicht kannst du über dein verschwundenes Wrack irgendwas in Erfahrung bringen."

„Wie jetzt?"

„Du kommst nicht mit? Also ich weiß nicht. Ganz allein in einer fremden Stadt? Nein, bitte tu mir das nicht an. So habe ich mir das ganz und gar nicht vorgestellt." Enttäuscht lässt er das Werkzeug zum Graben los.

„Oje, da kommen mir gleich die Tränen. Keine Sorge, Papi beeilt sich und holt seinen großen Jungen schnell wieder ab."

„Leo! Mach dich nicht lustig, ich meine das ernst."

„Ich auch. Komm schon, du bekommst das hin." Er ließ sich nicht erweichen. Und so kam es schließlich, dass sich ihre Wege im Herzen der mallorquinischen Hauptstadt für kurze Zeit trennen sollten.

Eingeschnappt knallt Phil die Beifahrertür des Jeeps zu und schreitet in Richtung Zentrum. Unsicher sieht er auf jedes Hinweisschild.

Leo ruft ihm noch hinterher, dass es keine zwei Stunden dauern wird. Doch er muss erkennen, dass sein Schatzjäger schon zu weit weg ist und sich seinen Weg in neue

Abenteuer bahnt. Natürlich im großen Bogen an Menschengruppen vorbei.

Zur Ablenkung befasst sich Phil mit der Fotografie. Er durchläuft viele der *wunder*schönen historischen Nebengassen mit zahlreichen Gebäuden von Baumeistern der katalonischen Gotik. *Wunder*bare Schnappschüsse gelingen ihm, seine Wut auf Leo verfliegt zunehmend.

Aus Platzangst verzichtet er auf den Bus, somit bekommt er immer nur einen kleinen Eindruck von dieser geheimnisvollen Stadt.

Er hat ein klares Ziel vor Augen. Er beschleunigt seinen Schritt. Das quirlige Leben hat auch hier wieder Einzug gehalten. Wenn es nach dem Fotograf gehen würde, wären ihm fast menschenleere Straßen lieber. Trotz fehlender Fitness, wie er selbst immer betont, kommt er gut voran.

Doch ohne Hilfe scheint er sein Ziel nicht zu finden. Er ringt lange mit sich, fragt zögerlich zwei Passanten. Unfreiwillig wird er von ihnen eskortiert. Er ist *erleichtert*, als sie nach einer kurzen Wegstrecke vor seinem gesuchten Gebäude zum Stehen kommen.

Schnell bedankt er sich und genießt *erleichtert* wieder seine Einsamkeit. Zur Orientierung überfliegt er die Wegstrecke auf einem aktuellen Stadtplan, ein Geschenk der freundlichen Leute von vorhin.

Als kleinen Hinweis für sich, notiert er sich in seinen Taschenkalender folgenden Punkt: „An Ausrüstung nicht sparen, neuestes Kartenmaterial für nächste Reisen besorgen!"

Mit einem Bleistift markiert er die gelaufene Route, vorbei am Friedhof Santa Magdalena endet die Strecke an einer deutschen Buchhandlung.

Hier erhofft er sich Auskunft über zahlreiche, gesunkene Wracks zu erfahren.

„Suchen Sie etwas Bestimmtes?" Phils Gesichtsfarbe wechselt ins Feuerrote.

„Alles in Ordnung, Senor?"

„Ja, ja natürlich." Die dunkelhaarige Frau, die plötzlich vor ihm steht, scheint eine

Angestellte des Geschäftes zu sein. Na, ganz sicher, er muss schon gefühlt eine ganze Ewigkeit mit seiner ausgeklappten Karte vor dem interessanten Laden stehen. Lächelnd sieht sie ihn an und wartet gespannt auf eine Reaktion. Nichts passiert.

„Sie wirken auf mich, als hätten sie jemand anders erwartet?" Endlich kommt Regung in seinen schier leblosen Körper, angestrengt schluckt er einen Kloß im Hals hinunter.

„Ich habe mit einem älteren Herrn, schütterem Haar und zerkratzter Lesebrille gerechnet."

„Sie sind ja ein richtiger ..., wie sagt man? Charmeur." Phil wird immer verlegener und senkt seinen Blick unbeholfen zum Boden.

„Sie entschuldigen, Senor. Ich beginne noch einmal. Möchten Sie sich drinnen umsehen?"

Phil nickte sprachlos.

„Gut ich bin in der Nähe, falls Sie doch etwas möchten." Damit ließ sie Phil allein zurück, um sich einem anderen Kunden zu widmen.

Nach kurzer Überlegung schleicht er durch den Türspalt hinein und beschlagnahmt einen Sitzplatz in einer Leseecke. Schnell findet er genügend Lesestoff nach der ersten Inspektionsrunde.

Seine Augen suchen immer wieder die Frau von vorhin, doch er sieht sie nicht. Enttäuscht nimmt er Platz und versinkt im Reich der Buchstaben.

Nur einmal reißt ihn eine Textnachricht von seinem Smartphone aus dem Informationsdschungel. Leo schreibt, dass sich seine Rückkehr etwas verzögert.

Das nimmt Phil zum Anlass, sich aus seiner verkrampften Haltung zu lösen. Er steht auf und streckt sich, so dass einige Knochen laut knacken.

„Besonders zufrieden sehen Sie nicht aus." Freundlich klingen Ihre Worte und wenn Phil ehrlich zu sich ist, findet er auch ihre Stimme angenehm. Und Recht hat sie auch, denn bis jetzt hat er keine nützlichen Hinweise gefunden.

„Fragen Sie mich ruhig!" Doch Phil zögert zu lange.

„Wenn Sie lieber mit einem alten Professor reden wollen, dann muss ich Sie auf morgen vertrösten."

„Diese Möglichkeit kling gut." Phil versuchte freundlich zu klingen, doch in der Frau erwachte das bekannte, südländische Temperament.

„Gut, Senor. Dann kommen Sie morgen neun Uhr zur Universität. Dort gebe ich mit Professor Diaz einen Vortrag über unsere Landesgeschichte." Lautstark verhallen die letzten Silben in Phils Gehör.

„Tut mir leid, ich wollte Sie nicht wütend machen."

„Ich bin nicht wütend, höchstens verärgert."

Für einen kurzen Blick sieht Phil ihr in die Augen. Es geschieht etwas mit ihm, was er selbst nicht für möglich hält. Durch seinen Körper geht ein Ruck, seine innere Stimme meldet sich: Gib doch der Jugend eine Chance.

„Ich heiße Phil."

Und schon wieder passiert etwas Unglaubliches. Er reicht einer anderen Person freiwillig die Hand. Doch diese Frau durchbohrt ihn zuvor mit ihren schwarzen, mandelförmigen Pupillen. Er spürt ihren Blick bis in die hintersten Ecken seines Gehirns. Der plötzlich kräftige Händedruck lässt ihn schlagartig aus seiner Starre erwachen.

„Gloria." Kurze Pause.

„Also, Phil, um was machen Sie, machst du so ein Geheimnis?"

„Ich will einen Schatz finden, nach alten Wracks tauchen oder besser noch in irgendetwas der Erste sein." Gloria lacht laut auf, eher herzlich als spöttisch.

„Schatzsucher? In irgendetwas der Erste sein? Warum wollt ihr Männer immer die Größten sein?"

Phil ist sprachlos über so viel Offenheit und findet keine passenden Worte.

„Schätze hier auf der Insel? Möglich, dass du hier etwas findest, wenn du jede Menge Erde umgräbst. Pah, ich sage dir ehrlich, verbring deine Zeit mit etwas anderem, nützlicherem!"

Trotz der direkten Worte bleibt Phil beharrlich und bittet Gloria um einen Gefallen.

„Du erwähntest vorhin die Universität. Ich würde mich da mal gern umsehen, umhören."

„Du vertraust mir nicht."

„Warte doch. Ich würde es toll finden, wenn du mich begleitest. Allein schon der Sprache wegen, natürlich nur, wenn du möchtest."

Sie lässt sich lange Zeit mit einer Antwort und betrachtet ihn mit großer Skepsis.

„Gut, morgen. Das eine Mal."

„Ich wäre früh da."

„Nein. Am Freitag ist es gewöhnlich sehr voll. Es gibt vor dem Wochenende viele wichtige Dinge zu klären. Da sind auch wir lebenslustigen Spanier etwas angespannt. Und dann noch mit einer albernen Schatzsuche beschäftigen."

Phil entging nicht der sarkastische Unterton in ihren Worten. Schnell will er das Gespräch beenden.

„Gracias, Gloria. Welche Zeit, bitte?"

„Vier Uhr nachmittags, vor dem Haupttor der Universität. Adios."

„Bis morgen. Auf Wiedersehen."

*

Phil rutscht schon längere Zeit auf dem Auto*sitz* hin und her. Er *sitzt* nun wieder neben Leo in dessen Jeep. Aufgeregt erzählte er ihm von seiner neuen Bekanntschaft.

„Phil, soll ich mal anhalten? Da drüben sind gleich einige Bäume."

„Nein, wieso?" Leo simuliert kurz seine nervigen Bewegungen nach.

„Oh, ich mach dich nervös. Mit meinem Rumgerutsche, entschuldige. Naja, es ist dein Fenster. Es zieht ein wenig."

„Wir sind in zwei Minuten da. Das schaffst du bis dahin. Wenn wir am Ziel sind, wirst du belohnt. Glaub mir, das wird dir gefallen."

Eigentlich wollten die beiden Schatzsucher zu einem der Häfen in Palma. Um nach einem geeigneten Boot Ausschau zu halten. Doch ein nahender Sturm durchkreuzt fürs Erste ihre Pläne. Auch Leos Freizeit wird durch die kommende Naturgewalt sehr stark eingeschränkt. Trotz allem Konkurrenzkampf, man hilft sich auch hier auf der Insel. Ein einzelner älterer Landschaftsgärtner bat Leo kurzfristig um Hilfe: eine zwar heruntergekommene, dennoch herrschaftliche Finca sturmsicher zu machen.

Das Anwesen liegt im Westen der Insel, im Ort *Port`de Antrax*. In der Umgebung des ehemaligen Fischerdorfes stehen im Schatten hoher Kiefern an den Hängen der Bucht zahlreiche schicke Villen und teure Häuser. Viele liegen versteckt hinter schweren Eisentoren.

Plötzlich bremst Leo stark ab und biegt links in eine holprige Einfahrt hinein. Hinter brüchigen Mauern bietet sich ein traumhafter Anblick. Im Schritttempo passieren sie einen verzierten, maroden Springbrunnen, wo sich zahlreiche Steinmetze liebevoll ihrem Handwerk hingegeben haben.

„Wow, wieder so ein Traum. Und schau mal Leo. Nein, da links mein ich, der versteckte Anbau da!"

Leo nickt nur kurz und sucht stattdessen denjenigen der seine Hilfe braucht.

„Ich hab zwar nicht gedacht, dass es hinter diesen Mauern so, sagen wir mal, unaufgeräumt ist. Aber das macht nichts, mich juckt es geradezu in den Fingern, hier nach Schätzen zu wühlen."

„Wir sind in erster Linie dafür da, um Senor Rodrigez zu helfen." Leo spricht mit ernstem Ausdruck.

„Halt dich bitte zurück. Er ist ein wortkarger, unnahbarer Mann. Wo steckt er eigentlich?"

Inzwischen haben sie, sehr zu Phils Freude den Jeep verlassen. Suchend laufen sie durch die parkähnliche Anlage. Angenehm warme Sonnenstrahlen tauchen diesen faszinierenden Ort in ein märchenhaftes Licht.

„Wem gehört dieses idyllische Heim?"

„Es ist noch in Familienbesitz einer spanischen Lehrerfamilie. Soweit wie ich weiß, haben es schon viele von den Börsenspekulanten, Immobilienmaklern oder anderen Neureichen versucht, mit astronomischen Geldbeträgen das Anwesen an sich zu reißen."

Phil bleibt stehen und dreht sich einmal um die eigene Achse. „Scheinbar zwecklos, aber verständlich bei so einem Anwesen. Tja, Lehrer können durchaus dickköpfig sein."

„Du weißt Phil, dass du mit deinen Vorurteilen gegenüber anderen immer zu schnell bist."

Leo wartet auf den ewigen Nörgler an einem ziemlich steilen Hangabschnitt. Phil ist etwas außer Puste, so dass es ihm die Sprache verschlägt. Dafür hat Leo noch ein paar Worte zu sagen.

„Ich kenne diesen Lehrer zwar kaum, doch wie er diesen Geldhaien die kalte Schulter zeigt, finde ich beeindruckend." Er reicht seinem Freund die Hand und zieht ihn das letzte Stück nach oben.

„Der Gedanke, dass hier mal ein kleines Museum eröffnet werden soll und der Park für jedermann zugänglich wird, gefällt mir."

„Das wusste ich doch nicht."

Kleinlaut meldet sich die „Sportskanone"
nach längerer Zeit.

„Ich hoffe, es dauert nicht mehr lange. Und
viele Liebhaber mallorquinischer
Lebensweisen dürfen sich hinter diesen
Mauern reinversetzen, wie der Alltag so
verlief."

„Nicht nur Liebhaber, auch Neugierige",
kontert Phil gekränkt.

Leo winkt bloß ab.

Senor Rodriguez entpuppt sich als
stämmiger Riese. Phils überflüssiger
Kommentar „Wie ein Waldschrat" dringt
flüsternd an Leos Ohr. Anstatt auf die
Bemerkung zu reagieren, will er lieber mit
anpacken.

Während die beiden Fachleute sich den
eigentlichen Problemen widmen, darf Phil
sich bei den Nebenaufgaben austoben.
Schnell soll er alle Dinge in die beiden
Nebengebäude tragen, die der bevorstehende
Sturm beschädigen könnte.

Phil legt sich so richtig ins Zeug. Zum einen liebt er es Ordnung zu machen, zum anderen entdeckt er herrlich erhaltene Dinge aus dem vergangenen Jahrhundert.

Unterdessen haben Senor Rodriguez und Leo den ersten wackligen Baum schon gefällt. Beim zweiten brauchen sie dringend Unterstützung.

„Phil, komm mal schnell rüber. Halte das Seilende hier ganz fest."

„Leo, du glaubst gar nicht, was hier für tolle Dinge lagern!"

„Schön für dich. Aber nun greif zu." Leos Stimme klingt erschöpft.

„Ohne Handschuhe geht das nicht. Wo sind denn welche?"

„Das glaub ich jetzt nicht. Im Jeep! Los pack mit an!"

„Warte kurz, ich hole sie." Phil will allen Ernstes loslaufen.

„Phil! Nun komm her und fass zu!"

Der Schweiß rinnt über Leos Gesicht.

Widerwillig streckt Phil langsam eine Hand in Richtung Seil. Plötzlich knallen ein paar derbe Arbeitshandschuhe neben seine Füße.

Er sieht nach oben und Senor Rodriguez sieht ihn lächelnd an. Auch ohne große Deutschkenntnisse hat er erkannt, woran es hapert. Es sind seine, denkt sich Phil und schon steht er vor dem nächsten Problem. Da sind zwar Handschuhe, aber keine unbenutzten.

„Das ist jetzt nicht dein Ernst! Zieh sie an und mach mit." Leos Arme beginnen zu zittern.

Eine unbeschreibliche Mischung aus Ekel, Hilflosigkeit und Wollen überkommt den Schatzsucher. Der folgende schmerzhafte Fußtritt von Leo beschleunigt seine Gedankengänge und bringt sie in die richtigen Bahnen.

Er schlüpft in die gefütterte Sicherheitsbekleidung, und siehe da, kein ungutes Gefühl stellt sich ein. Endlich greift er nach dem Seil und sie ziehen mit vereinten Kräften die riesige, wacklige Kiefer weg vom Gebäude.

Der alte Spanier steht mit beiden Beinen wieder auf der Erde und trennt mit einer überlauten Kettensäge den Stamm zirka einen Meter über dem trockenen Boden.

„Baum fällt", gibt Leo das Signal, ein dumpfer Schlag ertönt.

„So, das war leider bitter nötig. Doch diese beiden prächtigen Schattenspender hätten die kommende Naturgewalt nicht überlebt. Aber wir pflanzen Ersatz", verspricht Leo sofort.

„Ich weiß doch, wie dir die Natur am Herzen liegt. Ich glaube dir aufs Wort. Mach dir keinen Kopf, für diesen kleinen Schatz hier ist es das Beste. Nicht auszudenken, welcher Schaden an diesen historischen Gebäude entstanden wäre."

Leo will Phil noch eine Standpauke halten, doch er verzichtet. Kurz und knapp fallen zwei Worte „Gute Arbeit", gefolgt von einem dezenten Schulterklopfen. Anschließend zersägen die beiden

Landschaftsgärtner die Stämme in tragfähige Stücke.

Doch zum Aufladen der handlichen Abschnitte kommen sie nicht mehr. Denn der besorgte Blick zum Himmel des Einheimischen verrät, der Sturm kommt eher als erwartet. Auch Leo hat bemerkt, dass die wärmende Sonne längst hinter dunklen Wolken verschwunden ist.

Ein kurzer Wortwechsel in spanischer Sprache und die Aufgabenverteilung ist klar. Der alte Mann verschließt schnell alle gängigen Fensterklapppläden. Der andere schnappt sich die letzten noch stehenden Klappstühle und bringt sie in Sicherheit. In einem der Nebengebäude trifft er auf Phil und kann sich dann doch nicht zügeln.

„Nach deiner zierlichen Handschuhnummer hast du ja nochmal einen Gang hochgeschaltet. Wie ich sehe, ist alles verstaut."

„Zusätzlich alles nummeriert und katalogisiert."

„Du hast was gemacht?"

„Nun, diese Liste müsste noch ins Spanische übersetzt werden und dann ist es für Senor Rodriguez eine perfekte Bestandsbewertung." Leo ist so überrascht, dass er das Unwetter vergessen hat.

„In manchen Dingen bist du entscheidungsfreudig. Da merkt man, dass du vor deiner Anstellung bei dieser Zeitung gelernter Archivar warst."

„Tja, mir fällt es schwer, alte Gewohnheiten abzulegen.

Der Wind lässt die schwere Holztür ins Schloss knallen. Mit einem Mal erklingen laute Klopfgeräusche auf dem ziegelgedeckten Dach.

„Das hört sich verdammt nochmal nach taubeneiergroßen Hagelkörnern an", stellt Leo entsetzt fest und rennt zu einem der schmalen Fenster. Tatsächlich, draußen herrscht auf einmal Weltuntergang.

„Phil, komm her!"

„Was ist? Ich geh nicht daraus." Zum ersten Mal verdreht Leo seinen Augen.

„Du siehst doch, wie hektisch Senor Rodriguez zu uns herüber winkt. Mach einfach mal, was man dir sagt." Mit vereinten Kräften drücken sie die Tür auf. Der Wind bläst ihnen unangenehm stark und kalt ins Gesicht.

„Aua. Verflucht."

Phil versucht sich mit seinem Taschenkalender vor den steinharten Flugobjekten zu schützen. Doch das nützt nicht viel. Der alte Spanier pfeift so laut er kann und zeigt an, sie sollen schnell herüber kommen.

Zunächst weichen die beiden Männer zurück, in den Schutz des Türrahmens. Zufällig entdeckt Leo mehrere Blecheimer direkt neben ihm.

„Not macht erfinderisch", ruft er. Wie mit einem Ritterhelm ausgerüstet, rennen sie die wenigen Meter bis zum Haupthaus. Johlend und erleichtert sprinten sie ins Ziel.

„Erster", verkündet Phil stolz.

„Gratuliere", lobt lachend der Zweitplatzierte.

Zu dritt schließen sie mit großer Anstrengung die imposante Eingangstür. Die plötzliche Dunkelheit wirkt beklemmend.

*

„Uno momento, por favor." In der Finsternis wirkt die Stimme von Senor Rodriguez angenehm beruhigend. Gleich darauf ist der Vorraum des Herrenhauses mit ein wenig Tageslicht gefüllt.

„Gracias", bedankt sich Phil erleichtert.

Der ältere Hausverwalter befreit eines der kleineren Fenster von seinem Schutzschild. Phil ist überwältigt, von dem Anblick der sich ihm bietet.

Rustikale, alte Möbel. Einzelstücke, gut erhalten, das erkennt Phil sofort. Mit solchen Raritäten, würde man ein Vermögen verdienen. Doch viel besser noch, Ruhm und Anerkennung für einen emsigen Schatzsucher, das wäre gewiss.

Selbst der aufwendig handgeknüpfte Teppich auf dem Fußboden: unbezahlbar. Phil zieht sich reflexartig seine dreckigen Schuhe aus, als wäre er in einer heiligen Gebetsstätte. Schnell zieht er sie jedoch wieder an.

„Kalte Füße, unangenehm", redet er flüsternd zu sich.

Die anderen beiden Unterschlupfsuchenden beobachten skeptisch den Ausblick, der sich ihnen von der Natur offenbart.

„Tenenos que esperar la tormenta."

Leo nickt zustimmend.

"Was hat er gesagt, was ist mit dem Sturm?", will Phil wissen.

„Wir müssen ihn abwarten. Es hat keinen Zweck. Bei diesem Wetter bringen wir uns in Lebensgefahr."

Leo wechselt mit Senor Rodriguez noch einige Sätze und gibt dem ungeduldigen Phil anschließend eine Kurzversion in seiner Heimatsprache.

„Wo will er hin?"

„Er sieht in der oberen Etage nach. Er hat es geahnt, dass der Sturm eher kommt. Es ist nicht das erste Mal zu dieser Jahreszeit, dass sich so etwas zusammenbraut."

„Na gut, ich muss nicht zur Arbeit. Mir gefällt es hier. Ich habe nichts dagegen, noch ein wenig festzustecken. Ein perfekter Ort für eine Schatzsuche!"

Doch ein trauriger Ruf ändert dieses Vorhaben.

„Oh no, no!"

Senor Rodriguez kommt hektisch die gewaltige Holztreppe, die ins obere Stockwerk führt, herunter gestürmt. Kurz darauf sehen die drei Hausbesetzer die Bescherung. Ein fast fenstergroßes Loch im Dach. Hinzu kommt eine völlig andere Geräuschkulisse als in der unteren Etage. Spätestens jetzt registrieren alle noch einmal, was draußen sich für ein Unwetter abspielt.

Leo schaltet am schnellsten. Egal, wie misslich die Lage auch aussieht. Sein Helfersyndrom greift auf der höchsten Stufe.

„Sucht Schüsseln, alles, was ihr finden könnt. Stellt es dann unter die Öffnung."

Geistesgegenwärtig zieht Phil den völlig ratlosen Spanier mit, der kein Wort verstanden hat.

„Ich renne zum Jeep. Ich hab da eine Idee, das müsste funktionieren."

Es schüttet jetzt sprichwörtlich wie aus Kübeln und ruckzuck sind die wenigen gefundenen Gefäße voll. Der peitschende Wind erschwert die ganze Situation. Immer mehr Wasser verteilt sich neben den rettenden Schüsseln und Kannen.

Die beiden unterschiedlichen Typen kämpfen zusammen bis zur totalen Erschöpfung. Dabei flucht Phil in fettem berlinerischen Dialekt über die anhaltende, ätzende immer kälter werdende Flüssigkeit. Den Sturmregen.

Senor Rodriguez dagegen opfert schon sein Hemd und benutzt es als Wischlappen für die immer größer werdenden Pfützen.

„Jesus Christus", brüllt er immer wieder gegen den tobenden, zornigen und wolkenverhangenen Himmel. Dabei küsst er ständig ein Holzkreuz, was an einer simplen Kette um seinen Hals hängt. Endlich, ein Lichtschimmer. Leo ist zurück.

„Hier, bind das Seil um deinen Bauch. Da habt ihr noch Gummijacken und speziell für dich neue Handschuhe!" Den kleinen Seitenhieb musste er einfach loswerden.

„Was hast du bitte vor?" Phil ist skeptisch.

„Wirst du gleich sehen."

Zunächst helfen sie dem erschöpften alten Spanier auf die Beine und Phil stützt ihn anschließend. Dabei erfährt er von Leo, was dieser mit dem mitgebrachten Blechstück vorhat, das noch auf der Ladefläche seines Jeeps lag.

Eins von den Dingern, die man zum Abdecken von kleinen Grubenlöchern verwendet. Nur nicht so schwer. Ein Zinkblech, als Provisorium perfekt.

„Du willst da jetzt raus? Geht das nicht auch von hier drinnen?" Zu spät, Leo ist schon auf dem Weg durch ein winziges Dachfenster. Dessen Scheiben sind zwar zertrümmert, doch der Rahmen sitzt noch fest.

Eilig hängt er das Seil mit dem Karabinerende in das Gegenstück an seinem übergestreiften Klettergurt. Trotz des tosenden Lärms hört man seine vorsichtigen Schritte über die marode Dachdeckung.

Voller Konzentration kämpft er sich Stück für Stück voran. Seltsam, denkt er sich. Auf der einen Seite winkt jederzeit die bedrohliche Lebensgefahr, durch Abrutschen oder von herumfliegenden Ästen getroffen zu werden. Auf der anderen Seite der Genuss, sich gegen die Sturmböen zu stemmen. Für ihn ein tollen Augenblick gegen die Natur zu kämpfen. Um dann in Ehrfurcht zu erkennen, das man nicht gewinnen kann.

Dennoch schafft er es bis zu dem sorgenbereitenden Loch. Zum Glück bietet ihm der doppelzügige Kamin Schutz und Standsicherheit.

In geeigneter Position und im günstigen Moment ohne starke Windböen, bekommt er das Blech nach außen geschoben. Somit kann der Spanier Phil unterstützen. Er ist heilfroh, als sich das straffe Seil von seinem

Bauch etwas löst. Gemeinsam stemmen sie sich gegen einen aufrechtstehenden Balken. Keinen Zentimeter gibt das Seil nach.

„Nicht so fest", schreit Leo am anderen Ende der Rettungsleine. So brüllen hätte er gar nicht mehr gemusst. Denn der Sturm scheint seinen Höhepunkt überschritten zu haben. Dafür öffnet der Himmel wieder seine Schleusen.

Triefend befestigt Leo das rettende Blech mit selbstdichtenden Schrauben an der Dachlattung. Zuvor schlägt er gekonnt mit einem spitzen Schieferhammer winzige Löcher durch das wetterschützende Material zur einfacheren Schraubenführung. Geschafft, Adrenalinschub genießen!

*

Wenig später stehen alle drei durchnässt, erschöpft und dennoch stolz in der unteren Etage im Wohnzimmer vor dem Kamin.

„Ich hole mit Senor Rodriguez trockene Sachen aus den Autos. Zum Glück haben wir es uns angewöhnt, Wechselsachen dabei zu haben."

„Ist gut", erwidert Phil.

„Ach so, Feuerholz finde ich auf der rechten Hausseite?"

„Richtig. Keine Sorge, noch feuchter wirst du nicht werden. Der kleine Weg dahin ist überdacht."

Schnell prasselten die ersten Holzscheite in dem alten, ehrwürdigen Feuerschlot. Auch Phil bekommt trockene Kleidung und stellt sich freudig ganz nah ans Feuer. Großzügig wirft er ein dickes Holzstück nach dem anderen in die züngelnden Flammen.

Senor Rodriguez teilt die Vorräte aus seinem penibel gepackten Proviantkörbchen in drei gleichmäßige Portionen.

„Mit besten Grüßen von Mama", übersetzt Leo dem dankbaren Phil, der einen Bärenhunger hat. Er verschlingt seine üppig belegten Snacks.

„Absolut lecker", lässt er seinen Gaumen sprechen.

„Darf ich vorstellen: *Sobrassada*. Das ist eine Paprikastreichwurst in verschiedenen Varianten. Hier vorzüglich angerichtet auf traditionell dunklen, salzlosem Bauernbrot mit ein wenig Olivenöl!"

„Fantastisch. Einen Riesendankeschön an die Frau Mama und an dich, Leo. Perfekt kulinarisch beschrieben. Normalerweise ist die Küche ja mein Metier, doch der Punkt geht an dich."

Normalerweise macht ein voller Bauch müde, doch ans Schlafen denkt erstmal keiner. Es entwickelt sich noch eine lockere Gesprächsrunde. Dabei traut sich Phil immer mehr, seine spanischen Vokabeln in brauchbare Sätze zu fassen.

Eifrig schreibt er in seinen kleinen Kalender, was er erfährt. Viel über die Geschichte der

Insel, entlegene Orte oder über die Bewahrung alter Traditionen.

Leo dient als Übersetzer, besonders bei dem Teil als Phil zum eigentlichen Grund seines Inselaufenthaltes kommt.

Die fast leere hochprozentige Weinflasche führt zu mehr Redseligkeit des selbsterkorenen Abenteurers. Senor Rodriguez verträgt den selbsthergestellten, gegorenen Traubensaft bestens, während Leo seiner Linie treu ist und nüchtern bleibt.

„Er ist nicht begeistert von deiner Schatzsuche. Dankbar ist er für deine Hilfe." Schmunzelnd fügt er noch hinzu:

„Wenn du hier nach alten Schätzen graben willst, keine Chance. Das wird er dir verbieten."

„Da ist er nicht der Erste." Phils Augen werden für einen Augenblick etwas klarer. Leo nutzt dies und wird nochmal eindringlicher.

„Du solltest es ihm nicht übel nehmen. Er meint, es sei auch zu deinem Wohlergehen.

Wie du bemerkt hast, sind hier viele Einheimische sehr religiös. Kurzum, was er dir sagen will: Es bringt Unglück über denjenigen, der zu tief nach alten Dingen gräbt!"

„Ist gut. Ich hab schon verstanden. Keiner findet toll, was ich möchte."

„Nimm es einfach als gut gemeinten Rat. Hey, du bist doch kein dummer Kerl. Ich bin mir sicher, du findest deinen Schatz. Vielleicht hier auf der Insel, oder ganz woanders." Wie fast allen Menschen fällt es auch Phil schwer etwas von anderen anzunehmen. Deswegen beendet er das Thema.

„Mein Körper verlangt jetzt doch etwas Schlaf." Ein langer Gähner unterstreicht seine Aussage.

Leo lacht herzlich auf.

„Scheinbar zahlt ihr beiden eurem köstlichen Gesöff Tribut." Er nickt in Richtung des edlen Spenders. Dessen Kopf hängt schlapp nach unten, seine Augen sind geschlossen.

„Was ein gegensätzliches Bild. Dieser starke Mann und dieses friedliche Gesicht!" flüstert Phil müde.

„Hast recht. Ich weiß nicht viel über sein Leben. Aber dass ein weicher Kern unter der harten Schale steckt, das ist kein Geheimnis."

„Ach, Leo. Wie machst du das nur? In allem und jeden immer nur das Beste sehen."

„Das ist nicht schwer. Was bringt es mir, über andere zu lästern? Trotzdem eins noch: Alle Typen finde ich auch nicht toll."

„Wer soll das sein?" Phils Müdigkeit beginnt zu weichen.

„Spontan denke ich an den Poolboy von den Fosters."

„Wieso was ist mit dem?"

„Zuerst das, was ich gut an ihm finde."

Phil schließt enttäuscht die Augen.

„Du weichst vom Thema ab."

„Später. Seine Fitness, seine bewusste Ernährung und sein überaus gepflegtes Äußeres machen ihn zweifelslos zum Vorbild."

„Du wolltest über ihn lästern."

„Stimmt. Was soll ich sagen?"

„Du kannst es nicht."

„Seine Art, wie er die Frauen benutzt, sie hintergeht und ausnimmt!" Man merkt es Leo an, es geht ihm nicht wohl dabei.

Phil scheint es dagegen Spaß zu machen.

„Du bist fast genauso."

„Nein, also ja… Aber nicht in so einem durchtriebenen Stil". Leo findet die Unterhaltung langsam unangenehm.

„Ich würde eher sagen, du bist neidisch auf ihn", stichelt der „Klatschreporter" weiter.

„Verstecken brauch ich mich wahrlich nicht hinter diesem jungen, arroganten Möchtegern-Schwarzenegger."

„Gut, sehr schön. Das war doch schon ein wenig gelästert", applaudiert Phil. „Aber immer noch mit einer Spur Neid."

„Gut. Lass uns das Thema beenden. Ich werde das große Lästern nie richtig lernen. Ich möchte es auch nicht."

„Akzeptiert", gibt Phil zögerlich nach. „Dennoch ein wenig Neid auf jemandem zu haben, gehört zum Leben mit dazu."

„Warum eigentlich? Ich sollte einsehen, dass ich nicht jünger werde."

„Richtig. Und deswegen suche dir gleich ein anderes Hobby, als immer nur auf der Jagd nach schönen reichen Frauen zu sein."

„Das wird schwer."

„Achtung, mein Freund, es folgt eine Lebensweisheit." Wenn Phil schon nichts zu nörgeln hat, verteilt er gerne großmütig Ratschläge.

„Jeder neue Weg führt auch zu einem Ziel!"

Leo drückt spontan seinen kleinen „Hobbypsychologen" und gibt auch ihm noch etwas mit auf den Weg.

„Das gilt genauso gut für dich."

„Gutes Ende, gutes Gespräch."

„Finde ich auch."

Behutsam legt Leo eine Wolldecke über den Körper des alten Spaniers.

„Wahnsinn, es ist gleich zwei Uhr. Nun wird es aber höchste Zeit." Nachdem die Glut im Kamin aus ist, begibt er sich auf einem breiten Sessel zur Nachtruhe.

Nur Phil findet keine Ruhe. Er wälzt sich auf einem harten Sofa hin und her. Viel später fällt er in einen Traum mit den hier lagernden Schätzen, Hagelkörnern und belegten Olivenbroten.

*

Abrupt und an der schönsten Stelle endet sein Traum. Kurz darauf erkennt er Senor Rodriguez, der sanft an ihm rüttelt. Sein wettergegerbtes Gesicht strahlt ihn an. Gleichzeitig hört er Leo, die Treppe vom Obergeschoß herunterkommen.

„Unsere Vorrichtung hält, es gibt keine schlimmen Überschwemmungen. Das Wetter hat sich beruhigt, ich schütte die vollen Behälter jetzt aus." Leo öffnet ein Fenster und gießt das Regenwasser unter Anstrengung in den überfluteten Vorgarten.

„Lass uns die nächsten Eimer ein Stück weiter weg vom Haus leeren." Leo hadert mit sich selbst, dass er nicht gleich auf die Idee gekommen ist.

„Aber spürst du das? Kaum ein Lüftchen geht noch, als wäre nichts gewesen", staunt Leo.

„Wahnsinn. Ich freue mich, das Haus hat es gut überlebt", antwortet Phil erfreut. Noch etwas benommen sitzt er auf seiner Schlafgelegenheit.

Senor Rodriguez kommt unterdessen hinter dem Haus vor, bestückt mit einem Stammabschnitt vom gestrigen Abend. Mit derben Gummistiefeln an den Füssen bahnt er sich den Weg durch die hohen Pfützen.

„Lass uns ihm helfen, das Wasser vom Haus wegzuleiten. Danach kümmern wir uns um das Holz. Wir dürfen meinen Jeep mit beladen. Wir können jedes Stück Holz gebrauchen."

Als der letzte Stamm verladen ist, schnauft Phil durch. Zusätzlich drückt die Sonne schon erbarmungslos. Trotz der zeitigen Morgenstunden prasselt sie auf die übermüdeten Arbeiter. Eine Schwüle breitet sich aus, selbst hier im Hochland.

Der Abschied naht. Phil gibt den geborgten Sonnenhut zurück, den sie im Wandschrank vom Herrn des Hauses fanden. Er steht schon am Jeep, als Leo ihn noch einmal herüber winkt.

„Was gibt's denn?"

„Senor Rodriguez möchte, dass du dir aus den Dingen vom Nebengebäude etwas herausuchst. Ein Geschenk, als Zeichen der Dankbarkeit."

„Meint er das ernst? Kann er das für den Besitzer entscheiden?"

„Sicher, er hat die Vollmacht über die ganzen Sachen. Außerdem, der Eigentümer und Senor Rodriguez kennen sich seit der Kindheit."

Phil reckt den Daumen. Ein altes Zeichen zwischen beiden mit der einfachen Bedeutung: eine Minute Bedenkzeit. Nervös geht er auf und ab.

„Gut, sag ihm, ich habe mich entschieden."

„Lass hören."

„Ich hätte gern den Sonnenhut zurück."

„Soll ich dir das Angebot noch einmal genauer erklären?"

„Nicht nötig."

„Weise Entscheidung!"

Leo lacht erleichtert auf und sieht zufrieden zu Phil herüber.

„Wenn ich ehrlich bin, hätte ich am liebsten alles genommen. Doch hier ist alles am richtigen Platz."

„Komm, wir verschwinden. Eine Mütze voll Schlaf wird uns guttun."

Nach einer herzlichen Verabschiedung fahren sie zurück Richtung Palma. Je näher sie der Hauptstadt kommen, desto mehr nehmen die Sturmschäden glücklicherweise ab.

Die Nord-und Westküste sind am stärksten betroffen, erfahren sie durch das Autoradio. Es geht zügig weiter über die Autobahn Ma-15 bis Montuiri. Von da ist es nur noch ein Katzensprung bis zum Örtchen Sant Joan. Kurz davor im Niemandsland, wohin sich Ortsfremde nur ganz selten verirren, erreichen sie das kleine Paradies von Leo.

*

Nach einem kurzen, aber intensiven Schlaf sind Leo und Phil in den Straßen von Palma unterwegs.

„Ist doch Ehrensache, dass ich dich begleite. Du hast mir geholfen, dafür stehe ich in deiner Schuld."

„Ja, ja, schon klar. Komm schon, dich interessiert nur eine rassige, weibliche Person."

„Nun, mir gefallen diese Wege. Das Angenehme mit dem Nützlichen verbinden. Eine schöne Art, seine Schulden zu begleichen", sagt Leo gutgelaunt.

„Quatsch, Schulden. Ich habe es gern gemacht. Außerdem war es ein unvergessliches Erlebnis."

„Ich weiß. Übrigens der Sonnenhut steht dir. Du kannst ihn mit Stolz tragen."

„Danke. Wie weit ist es denn noch?" Ganz in der Nähe sind die Glockenschläge einer Turmuhr zu hören. Vier Schläge hallen durch die zwischenzeitlich engen Gassen.

„Wir kommen zu spät."

„Reg dich wieder ab, du bist nicht in Deutschland. Da oben ist es schon." Phil entdeckt Gloria inmitten einer kleinen Gruppe junger Leute. Trotz ihrer stattlichen Körpergröße überragen die meisten der scheinbar männlichen Studenten ihre Referendarlehrerin. Ein kurzer Pfiff der Bewunderung von Leo.

„Du hast nicht zu viel versprochen, wenn sie das ist."

„Ja, das ist Gloria. Halte dich zurück." Ein mehrfaches „Hola!" ertönt. Als Gloria Leo vorgestellt wird, bleibt er zurückhaltend. Er reicht ihr unbefangen seine starke Hand. Überrascht und angetan ist er von ihrem kräftigen Händedruck.

„Sind Sie auch ein Schatzsucher?" Leo setzt ein breites Grinsen auf und schüttelt seinen Kopf.

„Nur zur Aushilfe."

„Entschuldigen Sie. Ich sehe meinem Gegenüber gern in die Augen."

Sagt es und schiebt Leos dunkle, protzig wirkende Sonnenbrille auf dessen Stirn. Phil fängt an zu kichern.

„Gloria, ich bitte dich. Mein Schatzsucher in der Ausbildung ist bei Kontakt mit weiblichen Personen noch ein wenig unerfahren."

Tatsächlich zeigt Leos Gesicht nach ihrer Berührung eine unübersehbare Schamesröte.

„Ich finde es schön, wenn Männer Gefühle zeigen."

Blitzartig dreht Leo sich weg, denn zu allem *Über*fluss spürt er Schweißtropfen *über*all. Normalerweise geht er zum Angriff über, momentan jedoch lieber außer Reichweite. Drei der Kerle aus der Versammlung von vorhin stehen noch in Schlagdistanz. Bei Ihnen sucht er Deckung.

„He, Senor. Sie sehen aus wie jemand, der täglich Sport treibt."

Der junge Mann scheint das Sprachrohr, der Truppe zu sein. Dabei schlägt er sich auf die Brust und zeigt danach auf Leo. Stolz offenbart dieser ihm, dass er der Landessprache mächtig ist. Schnell ergibt sich ein ungezwungenes Gespräch.

„Danke für das Kompliment. Aber ihr seht auch nicht wie Couchpotatoes aus."

„Wir brauchen noch einen Mann für ein schnelles Basketball-Match."

„Sofort dürfte schwierig werden, Leute. Mein Partner Phil da, braucht für eine archäologische Schatzsuche meine Hilfe. Versprochen ist versprochen."

„Ah, ich verstehe."

Der Anführer des kleinen Trupps löst sich von seinen beiden Gefährten. Die diese Möglichkeit nutzen, um mit einem harten, orangefarbenen Ball erste Aufwärmübungen zu starten."

„Ich bin Manilo", stellt der fast einen halben Kopf größere, kantige Bursche sich vor.

Ungewollt laut entfährt Leo ein tiefer Seufzer. Dieser Händedruck scheint ihm heute öfters zu begegnen. Diesmal noch fester. So muss es sich anfühlen, wenn einem die Hand im Schraubstock feststeckt und jemand langsam die Kurbel anzieht.

„Wie bei Gloria", denkt er sich und massiert seine fünf Finger, als der Griff sich lockert. Und derselbe stechende Blick mit den Augen, als wären sie…

„Gloria!", ruft dieser wie aufs Stichwort.

Keine Reaktion der stolzen Spanierin. Nur Phil sieht unbeholfen zu Manilo, während sie angeregt weiter auf ihn einspricht.

„Hernana Mayor", raunt Manilo langgezogen mit lauter, tief verstellter Stimme über die kurze Distanz.

Leo fühlt sich in seinem Verdacht bestätigt, Geschwister. Er versteht noch, dass Manilo ihn für das Basketballspiel braucht.

Plötzlich liefern sich Bruder und Schwester eine lautstarke Diskussion. Besonders der weibliche Part schmettert seine Argumente wie Maschinengewehrsalven heraus. In solch einer Schnelligkeit, dass selbst Leo nur noch Bruchstücken versteht.

Phils Bemühungen, die beiden Kampfhähne zu beruhigen, scheitern kläglich. Gloria streckt ihm abwehrend ihren Arm entgegen. Ungeniert bearbeitet sie ihren Bruder mit vorwurfsvoller Stimme. Letztlich verschafft Leo sich das nötige Gehör und stellt sich dazwischen.

Die Unterhaltung verläuft nun in einer angenehmeren Lautstärke und eine Spur sachlicher, zwischen nun drei Parteien. Phil rückt näher. Er möchte natürlich auch wahrgenommen werden und vor allem wissen, was los ist. Gloria zeigt zuerst Mitleid und befriedigt seine unstillbare Neugier.

„Ja, mein Freund. Das ist ein typischer Geschwisterstreit."

Phil sieht verblüfft zu ihr.

„Er ist dein Bruder?"

„Si, Manilo", antwortet die große Schwester.

„Und warum euer heftiger Streit?"

„Meistens wegen dieser Angewohnheit. Seine typische, äh, Manier?" Fragend schaut sie zu Phil.

„Masche."

„Gracias. Seine typische Masche. Er verspricht immer allen zu helfen und kurz vor dem Einsatz…plopp, hat der Herr etwas anderes vor. Wie jetzt sein ach so wichtiges Basketballspiel. Dabei bat ich ihn, sich Zeit für dich zu nehmen. Halt ein Fachgespräch für kleine Expeditionen, mit dir und einem Professor."

Währenddessen zupft Manilo an Leos Hemd, er solle bitte den Schwesternmonolog von eben übersetzen. Anschließend unterhält er sich angeregt mit Leo weiter. Phil versteht nur immer den Namen Senor Hernandez.

„Wer ist dieser Senor Hernandez?", will er von Gloria wissen.

„Professor für altertümliche Geschichte."

„Diablo". Diesen aussagekräftigen Namen bekommt er von Manilo, der sein Gespräch mit Leo kurz unterbricht.

„Nun, das scheint ja ein beliebter Gelehrter zu sein. Aber gut, was spielt er für eine Rolle?"

„Ach, Phil. Hast du unser letztes Gespräch vergessen?"

„Nein", stammelt Phil verlegen. Langsam kommt es ihm wieder in den Sinn, auf was Gloria anspielt.

„Nun, das ist ja erfreulich. Aber ich spreche es ruhig mal laut aus. Damit auch der Lehrling für Schatzsuche auf dem Laufenden ist."

Leo wendet sich ab von ihrem Bruder und hängt sich augenscheinlich an ihre Lippen.

„Phil hat kein Vertrauen in mich oder generell in die jungen Leute. Deswegen bat ich Senor Hernandez um etwas von seiner kostbaren Zeit. Wir finden ihn jetzt in einem Café, zehn Minuten von hier."

„Nun, das ist doch nett von ihm. Ich wäre soweit."

Diese typische Bemerkung kann nur von Phil kommen. Er denkt nur daran, endlich einen alten Experten an seiner Seite zu haben und die Abenteuerreise zu starten. Gleichzeit erkennt er eine aufschäumende Wut bei der attraktiven Gelehrten. Vorsichtshalber fragt er nach.

„Warum bist du sauer und wieso begleitet uns dein Bruder nicht?"

„Zuerst die Antwort auf deine zweite Frage. Manilo hatte heute in seiner letzten Vorlesung eine heftige Auseinandersetzung mit dem Professor. Daher verspürt er momentan kein Wiedersehen mit ihm am heutigen Tag. Die andere Antwort müsstest du wissen."

„Mein Misstrauen raubt dir den Verstand?"

„So schlimm ist es nicht. Aber, mich ärgert dein Projekt. Reine Zeitverschwendung. Doch ich habe dir für heute ein Treffen versprochen. Das halte ich."

„Ich geh auch allein." Phils Einwurf bringt nur ein müdes Lächeln in ihr wohlgeformtes Gesicht.

„Glaub mir, allein erreichst du überhaupt nichts. Los geht's, bringen wir es hinter uns. Aber eins sei dir noch gesagt, ganz zu Unrecht bekommt diese Person seine zahlreichen Titel nicht."

„Jetzt nutze ich eins der zahlreichen Zitate meines Freundes Leo hier. Verurteile die Menschen nicht zu schnell. Ich werde mir meine eigene Meinung bilden."

„Dann schaffst du das auch ohne mich, Phil. Ich gehe mit Manilo und den anderen ein paar Körbe werfen."

„Du kommst wieder nicht mit?" Phil sieht ihn entgeistert an.

„Nein. Nun schau nicht so betrübt. Du bist bei Gloria in den besten Händen."

Leo zwinkerte kurz zu ihr herüber. Zu seinem Erstaunen wirkt ihre Mimik gequält. Schnell sucht er Phil wieder als Ansprechpartner.

„Ich entscheide für mich, dass ich mit diesen drei Estudiantes Sport treiben möchte. Du weißt, wie schwer es mir fällt, jemandem eine Bitte abzuschlagen. Außerdem will ich für mich wissen, ob ich mit der Jugend mithalten kann."

Gesagt, getan. Er dreht sich um, schnappt sich den Ball und läuft Richtung Sportplatz.

„Querida hernana, ich halte mein Versprechen. Ich helfe den beiden. Doch dem Diablo vertrag ich heute nicht mehr." Der geliebte Bruder schenkt ihr noch einen langen Handkuss und sprintet hochmotiviert zu seinen Trainingspartnern.

„Gut. Ich fahre mit Phil zum Café, in der Nähe vom *Placa de la Reina*. Ich schicke dir eine Nachricht, wenn er weg ist. Es wäre schön, euch dann dort noch zu sehen."

Manilo schaut sich kurz zu ihr um. Dabei hebt er den Daumen einer Hand als Zeichen für gutes Gelingen. Seine andere Hand salutiert an seiner Schläfe, als Zeichen für Gehorsam. Lächelnd nimmt er seine Beine in die Hände und sucht schnell das Weite.

*

Phil und Gloria gehen zum großen Parkplatz.

„Halt, hier steht mein Roller."

„Oh, schön."

Er räuspert sich. Es ist nicht zu übersehen das sich seine Freude in Grenzen hält. Gloria dagegen schwingt sich auf ihren motorisierten Esel und klopft auf den schmalen Platz hinter sich.

„Wo ist denn mein Helm?"

„Ach, ihr Deutschen mit eurem Regelwahn. Aber hier nimm meinen."

„Das geht nicht. Damit gefährden wir unsere Sicherheit!" Doch Gloria startet den Zweitaktmotor und erteilt ihm eine letzte Warnung.

„Ich gebe jetzt Vollgas. Wenn du den Helm nicht willst, dann gib ihn wieder zurück."

„Gloria, einfache Regel. Zwei Personen, zwei Helme. Fertig."

„Sinco, quattro." Sie lässt den Motor aufheulen und löst den Ständer.

Phil begreift jetzt, dass es ihr Ernst ist.

„Ja, ja. Ich verstehe."

Ein wenig hat Gloria schon damit gerechnet, dass sie ihren Helm zurückbekommt. Pustekuchen, wer die Rechnung ohne Phil macht. Na warte, denkt sie sich und fährt los.

„He, ich war noch nicht fertig."

Zu spät, seine Fahrerin ignoriert ihn. Sie brettert auf die gut befahrene Straße hinaus. Lange jedoch hält die Raserei nicht an. Auch hier sind die Straßen zu gewissen Uhrzeiten vollgestopft mit Blechkarawanen. Abrupt endet die rasante Stadtrundfahrt.

„Mir ist schlecht, ich brauch eine Pause."

„Daraus wird nichts. Festhalten, ich quetsch mich hier vorbei. Klapp das Visier hoch, du erstickst ja."

„Gloria, du musst umkehren."

Phil wird immer hektischer und schlägt mehrfach mit dem Helm an ihre Schulter.

„Da vorn steht ein Polizist. Dreh um."

Im Gegenteil, Gloria nutzt eine Lücke und beschleunigt. Als der Pfiff einer typischen Polizeitrillerpfeife ertönt, ist es um den leidenden Mitfahrer geschehen. Er sackt hinter Gloria zusammen, versteckt sich.

„Oh nein. Das war es. Halt an."

Doch Gloria fährt weiter. In Höhe des Polizisten wendet sich Phil zur anderen Straßenseite und schließt das Visier, um ja nicht erkannt zu werden. Gloria hingegen sucht den für sie typischen Blickkontakt und grüßt auch noch freundlich.

„Hola, Javier."

„Hola, Gloria", krächzt eine heisere, ältere Männerstimme zurück.

Nachdem er sich kurz freigehustet hat, will er noch etwas hinzufügen, doch seine Stimme versagt. Stattdessen tippt er auf seinen Kopf und deutet auf Glorias fehlenden Helm hin.

Ihren liebevollen Handkuss kann er nicht verschmähen. Lächelnd zuckt er mit den Schultern und winkt sie mit erhobenem Zeigefinger weiter. Schließlich widmet er sich wieder seinem Berufsalltag.

Erst nach gefühlt zehn weiteren Querstraßen, bewegt sich Glorias Fahrgast wieder. Aber auch nur, weil sie sich im Schritttempo durch eine Spielstraße bewegen. Vorsichtig dreht Phil seinen Kopf nach hinten, erleichtert setzt er sich wieder kerzengerade auf.

„Uns folgt niemand. Ich habe die Polizei abgehängt", flunkert sie.

„Juhu!"

Durch ihren lauten, schauspielerisch einwandfrei eingespielten Jubelschrei ermutigt sie die gaffenden Kinder zu einem kleinen Wettstreit.

Mit einem zackigen „Ole" rennen die kurzen Beine neben dem Fluchtfahrzeug her und wollen es unbedingt überholen. Gloria gibt unterdessen immer wieder gefühlvoll Gas und hat dabei die Kraft, das Vorderrad ein wenig in die Höhe zu ziehen.

„Ich verstehe, du bist der Stier. Aber so ganz ungefährlich ist das nicht, neben spielenden Kindern."

„Ich bin eine tolle Fahrerin und ein wenig Spaß gehört zum Leben dazu. Was bei dir scheinbar völlig fehlt."

Fast alle sind abgehängt, nur ein vielleicht sieben oder achtjähriges Mädchen sprintet sich die Seele aus dem Leib. Plötzlich drosselt Gloria das Tempo und ihre Verfolgerin durchstürmt als Erste die gedachte Ziellinie.

Der Roller hält, was Phil zu einem Freudenschrei bewegt. In kurzer Zeit baut sich eine kreischende Kinderschar um die beiden Erwachsenen auf. Mittendrin kniet die erschöpfte Siegerin und wird hemmungslos gefeiert.

„Gut gemacht. Du hast einen starken Willen", lobt die Unterlegene den pfeilschnellen Zwerg.

„Venga, Maria."

Ein etwas größerer, verschwitzter Junge mit abgeschürften Knien zieht an ihrem Arm. Gloria versteht sein Anliegen und macht einen Schritt nach hinten. Freundlich winkt sie den beiden zum Abschied.

„Hast du den stolzen Ausdruck in ihren Augen gesehen?"

„Natürlich. Aber nur Kinder. Wo sind ihre Mütter oder Väter? Ich habe zumindest keine gesehen. Gut, mein Kopf steckt auch schon viel zu lange unter dieser Schüssel fest. Ah, jetzt." Phil befreit sich von dem Helm.

„Ich fahre oft hier lang. Leider gibt es auch in meiner wundervollen Stadt benachteiligte Kinder."

„Das kann ich mir schwer vorstellen, auf dieser idyllischen Paradiesinsel. Nee, ist mir schon klar. Dass es hier genauso Alltagsprobleme gibt."

„Ja, leider trifft es dabei meistens die Kleinsten. Speziell hier in der Gegend tauchen die typischen Dinge auf. Ob es nun die Drogenabhängigkeit junger Eltern ist oder allgemeine Armut, Arbeitslosigkeit, Perspektivlosigkeit."

Die leidenschaftliche Fahrerin verspürt momentan keinen Drang mehr, auf den Roller zu steigen.

„Es ist nicht mehr weit. Lass uns laufen. Ich mach das am liebsten barfuß."

Phil verzieht die Mundwinkel und zuckt kurz.

„Jeder, wie er will. Mir ist das zu schmutzig und vor allem zu kalt." Wenigstens macht er sich nützlich und schiebt ihr Gefährt wie ein edler Knappe.

„Du wirkst so nachdenklich, was ist?"

„Ich denke noch an eben, die kleine Maria."

„Ja?"

„Du machst deine Schatzsuche. Ich sehe in diesen Kindern meine Schatzsuche. Ach, das ist ein blöder Vergleich."

„Erzähl ruhig weiter und lauf bitte langsamer. Schließlich bewege ich mich nicht allein."

„Mir brennt es im Herzen, mit ansehen zu müssen, wie der Weg für sie vorprogrammiert ist!"

„Du kannst das doch nicht für alle sagen. Ein paar werden schon etwas aus sich machen."

„Darauf verlasse ich mich nicht. Vorhin, als ich in ihre Augen gesehen habe, erkannte ich wieder meine Lebensaufgabe, meine Bestimmung. Allen kann ich nicht helfen, dass begreife auch ich. Aber gar nichts unternehmen, nur abwarten und hoffen. Nein, das kann ich nicht."

„Ansonsten gibst du deinem eigenen Nachwuchs, die Chance auf ein aussichtsreiches Leben. Ich kann da zwar nicht mitreden. Doch du mit deiner feurigen Energie, also ich denke du wärst toll in dieser Rolle."

Glorias Augen bekommen wieder so ein unbeschreibliches Funkeln.

„Ich will für *diese* Kinder da sein. Es wird schon einen Weg geben. Übrigens dort ist das Café, lassen wir den Roller hier."

*

„Da ist aber mächtig viel los", findet Phil zwischen den vollbesetzten Stühlen und Tischen.

„Es ist Freitagnachmittag, und hier ist der Kaffee und Kuchen extrem lecker. Für jeden Geldbeutel ist etwas Vorzügliches dabei."

Im Inneren stehen die Tische noch enger. Dazu strömt klassische Musik aus einer Ecke von einem Live-Pianisten.

Phil bekommt schnell Schnappatmung, wegen der vielen Leute. Schnell sucht er eine freie Stelle. Deswegen sieht er Gloria nicht mehr, dafür hört er sie.

„He, Phil nimm deine Finger von meinem Hintern!"

„Ich bin doch hier, Gloria!" Ungeahnte Kräfte werden in ihm wach. Er drängt sich fest in die Richtung, aus der ihre Stimme kommt.

„Senor Hernandez, tu puerco!"

Endlich sieht er Gloria, zornesrot. Vor ihr steht ein mittelgroßer, elegant gekleideter Mann. Phil sieht nur seine Rückansicht.

Doch auch ohne sein Gesicht zu sehen, ist er angewidert von seiner Aufdringlichkeit. Er vollführt eindeutige rythmische Bewegungen, die nur dazu dienen, um sich an ihrem Körper zu reiben.

Gerade will seine schmächtige Hand die Schulter des zügellosen Herren packen, da klatscht diesem eine schmetternde Backpfeife auf die rechte Wange. Durch die Wucht von Glorias Schlagkraft verliert der erwähnte Teufel den Halt und droht auf Phil zu kippen.

Dieser reagiert jedoch wie ein pfeilschneller Stuntman. Er dreht sich weg und der notgeile Professor landet unsanft an einer Tischkante. Tassen, Teller mit Speisen klirren zu Boden. Spanische Schimpfwörter werden laut, die Musik verstummt.

„Phil, darf ich vorstellen? Senor Hernandez."

„Ah, Sie sind ihr neuer Leibwächter", erklingt eine höhnische Stimme in schwer verständlicher deutscher Sprache. Der Mentor rappelt sich auf einen Stuhl und sieht spöttisch zu Phil, der sich heldenhaft wie ein Bodyguard vor Gloria aufbaut.

„Gehen Sie weg, Sie Witzfigur. Gloria ist eine Nummer zu groß für Sie. Sie gehört mir."

„Das sollte sie selbst entscheiden!" Phil dreht sich um, doch Gloria steht nicht mehr hinter ihm.

„Mir hat sie zu verdanken, was sie alles kann. Ich will meine Belohnung."

Phil stellt sich ihm entschlossen entgegen.

„Schließlich war ich es, der sie und ihren undankbarem Bruder an meiner Universität hat studieren lassen."

Schwungvoll befördert er den überforderten deutschen Schatzsucher zu Boden. Doch weit kommt der Übeltäter nicht. Zwei Polizisten sind urplötzlich aufgetaucht und führen ihn unter großer Anstrengung und verbaler Attacken aus dem Lokal.

Gloria steht wie aus dem Nichts vor Phil und zieht ihn auf seine wackligen Beine.

„Na, bist du voran gekommen bei deiner Schatzsuche?"

Verrückt, denkt sich Phil. Dass sie nach so einer Aktion versucht, lustig zu wirken.

„Wie geht es dir?", fragt er einfühlsam. Brennender hätte es ihn interessiert, warum er der erste Verdächtige für den Pograbscher war. Doch diese Frage spart er sich jetzt lieber.

„Es war nicht das erste Mal. Neu ist, dass er in der Öffentlichkeit zudringlich wird. Ich werde schon mit ihm fertig."

„Das glaube ich dir aufs Wort. Trotzdem wird das kein gutes Ende nehmen. Du siehst ihn ja fast jeden Tag, da wird es schwer sich aus dem Weg zu gehen."

„Das habe ich auch nicht vor. Ich weiß, dass er mich unterschätzt, wie er das bei jeder Frau macht."

„Er sagte, er hat euch sprichwörtlich von der Straße geholt und in seiner Universität untergebracht." Mit dieser Aussage sticht er wie in ein Wespennest. Sie erhebt ihre Stimme.

„Ich schwöre dir, wir bezahlen jeden Cent für unsere Ausgaben selber! Gut möglich, dass wir ohne sein Zusprechen nicht hätten studieren dürfen. Aber er ist wie ein Diktator, er hat am Ende das letzte Wort."

„Ich verstehe. Nun will sich der ältere Herr etwas mehr Zuneigung erzwingen."

„Unter anderem. Doch auch sein Männergehabe und übertriebener falscher Stolz werden immer mehr zum Problem. Bis jetzt hat er scheinbar jeden zur Schnecke gemacht. Es wurmt ihn kolossal, dass ich als Frau schlauer und beliebter bin. Und dass ich niemals aufgebe!"

„Beeindruckend. Ich könnte so einen Arbeitsalltag nicht aushalten."

„Tja, Phil. Ach, übrigens ich habe Manilo geschrieben, die Jungs sind auf dem Weg hierher." Musik erklingt wieder im Café.

„In Ordnung. Willst du dich mit an einen ruhigen Tisch setzen, sofern wir einen finden?"

„Ich werde Carlos hier mit unter die Arme greifen."

„Ist er auch ein älterer Herr?" Phil wirkt besorgt.

„Keine Angst. Er würde nie von mir irgendeine Art von Dankbarkeit erwarten, obwohl er immer für uns da war! Sei es mit Zeit, einem Dach über dem Kopf, reichlich Essen oder, oder …einfach nur da sein!" Tränen schießen in ihre Augen, die sie schnell wegwischt.

„Was ist mit euren Eltern?"

„Nicht jetzt, Phil. Ich schnapp mir ein Tablett, ich muss jetzt einfach was tun." Gloria wechselt das Thema.

„Möchtest du noch einen Kaffee?" Phil musterte sie kurz, hakte aber nicht mehr nach. Sondern er sieht, ganz nach seiner Manier auf seine Uhr und wiegt nachdenklich ab. Endlich hat er ein Ergebnis.

„Ist nun schon später Nachmittag, aber gut. Ich hätte gern einen Milchkaffee. Ach, und bitte ein Stück von dem Orangenkuchen." Dabei deutet er auf einen Tisch neben ihr, wo sich ein Liebespärchen, genau diesen schmecken lässt."

„Kommt sofort." Kopfschüttelnd sieht er ihr nach.

*

Phil widmet sich der Platzsuche. Durch den Tumult sind viele Gäste nach draußen gegangen.

„Schade, im Freien ist kein einziger Platz mehr frei", spricht er zu sich selbst. An der Theke wird er fündig, ein Außenplatz an der Wand. Dabei stößt er in einem Regal auf einige interessante Zeitschriften. Die aktuellsten Tageszeitungen überfliegt er nur flüchtig. Dafür beginnt er lieber in einem englischsprachigen, geschichtsträchtigen Reisejournal zu schmökern. Sein Gesichtsausdruck wird immer zufriedener, denn der alte, brüchige Barhocker entpuppt sich als äußerst bequem.

„Bitte schön. Eins muss man dir lassen, bei der Kuchenwahl hast du einen vortrefflichen Geschmack. Falls es dich interessiert, die köstliche Creme´ ist eine Mischung aus Schafsquark und Orangenmuss. Einfach erfrischend, belebend. Ich habe mir erlaubt, dir noch einen Espresso zu bringen, als kleinen Muntermacher." Phil ist fasziniert. Zum einem vom Kuchen, zum anderen von Glorias Wandlungsfähigkeit.

„Vielen Dank, was bin ich dir schuldig?"

„Das geht auf mich. Sieh es als kleine Freundschaftsgeste."

„Also gut, dann lass ich mich nicht zweimal bitten."

Gloria bedient gleich noch den angrenzenden Tisch und serviert vier jungen Männern Tapas und Bier. Beim Umdrehen entdeckt sie zufällig ein etwas anderes Ritual an Phils Platz. Sie nimmt sich kurz Zeit und schaut dabei über seine Schulter.

„Stimmt etwas nicht?" Phil zuckt zusammen.

„Hast du mich erschreckt!"

„Du hast immer dein eigenes Besteck dabei?"

„Ja. Möchtest du mich jetzt auch auslachen? Bitte nur zu, ich bin das gewöhnt. Ich koste trotzdem schon den Kuchen."

„Nein, ich lache nicht. Ich finde es ein wenig schräg. Aber letztlich gegen übertrie…, äh, ein wenig mehr Sauberkeit ist nichts einzuwenden."

„Ich bin halt ein vorsichtiger Mensch."

Leo klopft auf seinen Rücken. Er und Manilo sind gerade angekommen.

„He, das sieht lecker aus. Ich könnte auch was vertragen. Manilo und ich, wir haben einen Bärenhunger."

„Zuvor solltet ihr beiden aber noch ganz dringend etwas anderes unternehmen", erklingt streng eine belehrende weibliche Stimme.

„Wie recht du hast, meine liebe Gloria", bekräftigt Phil ihre Feststellung.

„Was meint ihr?" Leo blickt skeptisch.

„Wir hatten soeben über Hygiene gesprochen", formuliert Phil es vage.

„Ihr stinkt wie die Schweine!", schmettert Gloria es direkt aus.

Zusätzlich klärt sie ihren Bruder auf. Dieser setzt kurzerhand, misstrauisch die Nase unter eine seiner Achseln. Das Schulterzucken bedeutet wohl, dass er es nicht so schlimm findet, wie es seine große Schwester theatralisch vorgibt.

Gloria jedoch, bekommt schon wieder so ein Funkeln in ihren Augen.

„Bitte, Leo. Ihr verscheucht noch alle Leute. Manilo kennt sich hier bestens aus. Ein Stockwerk höher ist eine Dusche. Macht schon! Ich besorge euch in der Zwischenzeit ein paar Happen."

„Herrlich, Gloria." Phil kommt in Lästerlaune.

„Was ist herrlich?"

„Glaub mir, Leo lässt sich nicht von vielen Frauen rumkommandieren. Aber der jetzige Abgang, wie ein braver Schuljunge trottet er ab. Und dabei lechzt hier gut die Hälfte der weiblichen Kundschaft heißhungrig nach ihm."

Phil erschrickt, nachdem ihn Gloria mit einem tötenden Blick bedenkt. Sofort weiß er, jetzt bin ich zu weit gegangen. Verlegen versenkt er seinen Blick tief in die Zeitschrift vor ihm.

Normalerwiese fesseln ihn gut formulierte Tatsachenberichte, doch momentan schweift er immer wieder ab. Seine Augen heften zwar auf den gedruckten Buchstaben, doch die Gedanken sind bei seiner Schatzsuche. Vor allem aber seiner bisher verrückten Stunden auf dieser Insel.

„Dein Projekt lässt dich nicht los, was?" Leo ist zurück und deutet auf ein Farbfoto im Journal. Es zeigt eine kleinere Baleareninsel, *Illa Sa Dragonera*, im Westen von Mallorca.

„Dorthin machen wir auf alle Fälle einen Ausflug. Ein traumhaftes Naturschutzgebiet mit drei Leuchttürmen."

Phil blickt seinen Freund zwar an, doch sein Inneres durchläuft mal wieder ein wildes Gedankenkarussell.

„Hörst du mich, Phil?"

„Setz dich, Leo. Sieh dich jetzt nicht um."

„Was ist jetzt wieder?"

„Mindestens jede dritte, ach, was sag ich, jede zweite Frau sieht verlangend zu dir herüber."

„Übertreib nicht."

„Selbst das männliche Geschlecht nimmt Witterung auf."

„Ich weiß das. Was willst du mir jetzt damit sagen?" Phil schiebt den Teller mit dem restlichen Kuchen beiseite.

„Statt den hier zu essen, sollte ich lieber trainieren. Ach, Mensch, Leo. Ich will doch nur eine Sache beherrschen. Von der die Leute über mich erzählen."

„Dafür musst du nicht mit dem Äußeren imponieren."

„Hilft mir nicht, wenn das einer zu mir sagt. Der gerade wie ein Daniel Craig-Double neben mir Platz genommen hat."

„Du erinnerst dich, was ich von deinen Vergleichen halte! Hör auf zu jammern und iss deinen Kuchen auf!" Leo ist zwar als guter Seelentröster bekannt, doch nur bis zu einem bestimmten Punkt. Im nächsten

Moment tut ihm seine Aufforderung schon wieder leid. Sanft erkundigt er sich über den neuesten Stand seiner Schatzsuche. Phil hebt den Blick und sieht erst einmal zu Manilo. Dieser hat sich ebenfalls in Schale geworfen und kümmert sich um die Getränke an der Bar.

„Senor Diablo passt nicht in unsere Mannschaft. Kein Wort konnte ich mit ihm über Schätze wechseln", flüstert er zu Leo herüber.

„Stattdessen befummelte er Gloria. Du hättest sehen müssen, zack! Da hat sie ihn umgehauen. Schließlich führte ihn die Polizei hier raus".

„Wie geht es ihr jetzt?", fragt Leo mit besorgter Miene.

„Sie steckt das außergewöhnlich gut weg. Es war auch nicht das erste Mal!"

„So ein Mistkerl!"

„Es freut mich, dass du so denkst, als Mann mit einem hohen Frauenverschleiß", stichelt er wieder in gewohnter Art und Weise.

„Entschuldige. Du änderst dich ja gerade", wirft Phil schnell nach.

Denn es kommt nicht allzu oft vor, dass Leo wütend dreinblickt.

„Zurück zum eigentlichen Thema. Auch wenn du keine Vorurteile magst, die wenigen Augenblicke mit dieser Person haben mich überzeugt. Auf diesen alten Fachmann kann ich getrost verzichten. Ich denke eher, wir sollten Gloria unterstützen, auch wenn sie uns niemals darum bitten würde." Phil spült seine trockene Kehle mit dem letzten Schluck Milchkaffee.

Leo rutscht ein Stück zu Phil heran, denn der Geräuschpegel im Café nimmt zu.

„Ich verstehe schon. Es ist schön zu sehen, dass du zuerst einmal an andere denkst."

„Schon gut. Ich wundere mich selber über mich. Vor zwei Tagen noch hätte ich dich angefleht, dass wir lieber gemütlich bei dir im Garten deiner Finca sitzen. Nun bin ich hier, in einem vollen Lokal und…"

„Genieß es."

„Überleb es, würde besser passen." Leo lacht mal wieder so schön herzlich auf, über Phils ehrliche Worte.

„Ah, ihr beiden, genießt den Moment. Wunderbar, glückliche Menschen zu spüren."

„Setz dich doch zu uns", bietet ihr Leo höflich seinen Hocker an.

„No,no. So lange es hier so voll ist, helfe ich Carlos. Entspannt euch. Jetzt kommt Live-Musik. Die beiden da vorn sind absolute Weltklasse."

Tatsächlich sie hat nicht zu viel versprochen. Die junge Frau die eben noch am Piano saß, steht selbstsicher hinter dem Mikrofonständer. Ihre Begleitung durch den Abend ist ein junger Mann. Er sorgt jetzt für die musikalische Unterstützung am Piano. Alle Gäste und Passanten tauchen ein in die Klänge von „Now we are free". Leo genießt den musikalischen Leckerbissen sitzend. Phil macht das Gegenteil.

Besonders als das Piano verstummt und einzig ihr Gesang zu hören ist, hält es ihn nicht mehr auf seinem Sitz. Stramm wie ein Gladiator aus dem gleichnamigen Film steht er und sieht gebannt auf die kleine Bühne. Gänsehaut pur!

*

Manilo öffnet nach dem Schlussakkord die Schiebetüren, somit verteilt sich fast alles nach draußen. Die ersten beginnen zu tanzen oder einfach nur hin und her zu schwingen. Leo besorgt zwei mit Getränken gefüllte Gläser. Das Rotweinglas schwebt zu Phil und der Macht der Gewohnheit, das prickelnde Wasserglas findet bei ihm Platz.

„Wie lief es eigentlich beim Basketball?"

„Die ersten Minuten waren ausgeglichen. Manilo ist eine Bank am Korb, er hat aus jedem Versuch Punkte erzielt. Pepe ist ein begnadeter Vorlagengeber, unglaublich, welche Übersicht der junge Kerl hat. Tja, und Sergio ist wie ein Bulle vor dem Brett. An ihm bin ich kein einziges Mal vorbei gekommen. Deswegen habe ich mein Glück von hinten versucht. Eine Zeit lang haben die 3-Punktewürfe auch funktioniert. Doch plötzlich wurden meine Beine schwer und ich spürte ein Stechen in der Brust."

Kurze Atempause. Gierig trinkt er sein Glas leer. Phil strahlt. Ihm geht es gut. Leckeres Getränk, ruhiger Ecktisch und wärmende Strickjacke. Alles bestens. Gespannt wartet er auf den zweiten Teil von Leos Sportbericht.

„Manilo übernahm dann mehr und mehr meine Rolle mit. Dreimal zwölf Minuten nahm ich am Geschehen teil, im letzten Viertel agierte ich dann in einer Art Doppelfunktion, als Spielertrainer. Du hättest die jungen Granaten sehen müssen. Dieses Zusammenspiel von Pepe und Sergio, erinnerte mich an die legendären Jordan und Pippen."

„Du hättest auch gute Chancen als Sportreporter zu arbeiten."

„Das kann gut sein, doch es könnte sich was anderes ergeben. Nach dem Spiel habe ich erfahren, dass die letzte Krise ihren Verein zum Aufgeben zwang."

„Und du willst einen neuen gründen?"

„Warum nicht, die Jungs haben es aus meiner Sicht verdient. Ich werde mich mal umhören, da muss doch was möglich sein!"

„Geld und Sponsoren werden eine große Rolle spielen."

Phil spürt eine gewisse Redseligkeit bei Leo. Eine Sache lässt ihn nach wie vor nicht in Ruhe, er hakt nach.

„Du bist seit unserem letzten Treffen kaum wieder zu erkennen."

„Warum?"

„Mein Sonnyboy mit mehreren, älteren und vor allem vermögenden Frauen zieht sich scheinbar zurück vom Markt. Versteh mich nicht falsch, fehlt dir die Zeit oder steigst du aus dem Geschäft aus?"

„Willst du damit sagen, dass ich so eine Art Callboy bin?"

„Ja, oder irre ich mich da? Das sollte dich nicht verletzen. Glaub mir, viele Männer träumen von diesem Teil deines Lebens."

„Ich äußere mich jetzt nicht weiter dazu."

„Schade, ich finde es gerade unheimlich spannend."

„Über meine Bettgeschichten erfährst du von mir nichts. Da musst du selber Erfahrungen sammeln."

„Verstehe, ein guter Reporter spürt wenn es Zeit ist, das Thema zu wechseln. Selbst die Option Alkohol, wo schon so manche Zunge redselig geworden ist, ist bei dir vergeudete Zeit."

„Danke für dein Verständnis. Jedenfalls reizt es mich ungemein, die ersten Schritte in diese Richtung zu gehen." Leo legte gleich nach.

„Ach, noch etwas. Dein Handlungsgeschick, gerade mit solchem rechtlichen Kram, wäre für mich unverzichtbar."

Leo weiß noch immer genau, dass Phil einmal Anwalt werden wollte. Doch aufgrund verschiedener Umstände platzte dieser Traum.

„Als Diener des Staates kann ich dich leider nicht mehr verteidigen. Verstehe mich bitte nicht falsch, ich hoffe, das wird nie nötig sein. Doch irgendwie spannend wäre es schon. Na ja ich schweife mal wieder ab. Was sagtest du gleich? Ach, ja. Onkel Phil übernimmt die kniffligen Behördenbriefe, ist doch Ehrensache!"

Mittlerweile kommt das Duo zum Ende ihres Auftrittes.

„Du kannst dir einen Titel wünschen", sagt Leo, der Phils fragwürdigen Blick richtig deutet.

„Ja, trau dich ruhig. Hier ist noch ein kleiner Mutmacher." Phils Getränkeverschleiß wechselte seit geraumer Zeit von Wein und Espresso auf eine köstliche, nicht zu unterschätzende Mandelbowle mit einem nicht zu identifiziertem Fruchtgeschmack.

„Was denkst du, Gloria?", die immer noch emsig umherschwirrte.

„Wenn ich die Wahl hätte, dann sollte Ruben da Hallelujah in einer Endlosschleife singen. Ich bekomme gleich Gänsehaut, wenn ich daran denke."

„Mmh. Leckeres Getränk." Phil leert das ganze Glas mit einem Zug. Nachdenklich lässt er die anderen warten.

„Na, na. Wo ist denn deine Genießerseite", spottet Leo sarkastisch. „Ja, die Männerstimme von diesem Ruben fand ich auch gut. Mein absoluter Genuss war vorhin Purple Rain, pflichtet er Gloria bei.

„Ich höre gern Frauen zu. Besonders so einer wie Adele", kontert Phil dagegen. Sein Entschluss steht fest und er bekommt sein Lied. Zusammen mit Gloria schwingt er seinen hüftsteifen Körper zu den Klängen von *Hello*.

„Fantastico, muchos gracias", ruft Phil nach den letzten Tönen und applaudiert lautstark. Die beiden Musiker nutzen erschöpft und dennoch zufrieden diese Szene zum Schlusspunkt. Ein wunderschöner Abend neigt sich dem Ende.

Carlos versucht Leo und Phil zu überzeugen, zum Übernachten bei ihm zu bleiben. Doch Leo zieht es zurück auf seinen Landsitz.

„Lass uns wenigstens mithelfen. Ich weiß aus Erfahrung, das Aufräumen kann sich hinziehen", prophezeit Phil nicht mehr ganz nüchtern.

„So, so." Leo spürt, dass der angetrunkene Schatzsucher gern hierbleiben würde.

„Vorschlag, Phil. Du machst dich hier nützlich und wir sehen uns dann morgen."

„Kommt nicht in Frage. Du lässt mich nicht schon wieder allein auf deiner Insel. Ab jetzt klebe ich wie eine Klette an dir". Phil fällt es immer schwerer, die Worte richtig auszusprechen.

„Ist gut. Du übernimmst die Stühle und Tische. Ich kümmere mich um das Geschirr", gibt Leo den Takt vor. Obwohl es die kraftraubendere Arbeit ist, geht Phil mit Elan ans Werk. Sicherlich hilft da auch noch das ein oder andere Gläschen Bowle von der wundervollen Gloria. Getreu nach dem Motto „viele Hände, schnelles Ende" trennen sich die Wege. Zum Abschied verabredet man sich mit Manilo zum nächsten Morgen am Meer.

*

Phil steht gähnend am Hafen von *Colonia de Sant Jordi*, am südlichsten Zipfel der Insel. Sein Blick schweift müde über das große, ruhige Wasser. Fast alle Boote liegen zugepackt an ihren Anlegern. Laut Leo halten sie noch Winterschlaf.

„Da hinten, das müssten sie sein." Leo deutet auf einen Punkt, der sich aus östlicher Richtung nähert.

„Gib mir doch mal das Fernglas."

„Wenn du so nett fragst." Phil brauchte eine Weile, um die Sehhilfe klar zu stellen.

„Ich dachte, wir fahren mit einer kleinen Jacht. Das sieht mir eher aus wie ein Fischerboot."

„Der Tag hat gerade erst begonnen und du nörgelst schon wieder."

„Ich stelle nur fest. Gut, recht zügig sind sie trotzdem." Nun ist es auch ohne Vergrößerungsgläser zu erkennen.

„Darf ich vorstellen? Das traditionelle Boot der Mallorquiner, ein kleines *Llaüt*. Früher ein Fischerkahn, heute ein Mittelklassebot mit Motor."

Leo marschiert nach der Verkündung des kleinen Steckbriefes zum ersten Steg. Manilo wirft ihm ein dickes Tau zu, das er mit einem ordentlichen Seemannsknoten befestigt. Neben Gloria, Manilo und Ruben zeigt sich noch eine vierte Person an Bord.

„Hola, ich bin Elisabeth. Aber bitte nennt mich Lissy."

„Oh, eine Landsfrau. Oder irre ich mich?", Phil ist neugierig.

„Stimmt, ich komme aus dem hohen Norden."

„Was treibt dich auf diese Insel?"

„Phil! Jetzt fass erstmal mit an. Bombardiere die junge Frau nicht gleich mit allen möglichen Fragen." Wie ein Packesel kommt Leo vom Jeep mit dem größten Teil der Ausrüstung angetaumelt.

„Ach, ich bin so aufgeregt. Hoppla, hier ist das Boot schon zu Ende."

Phil tapst wie eine watschelnde Ente über das kleine Deck. Leo ist dabei, wieder das Seil zu entfernen und das Boot in die Freiheit zu entlassen.

„Petri Heil. Oh, wir fahren." Phil ist der Einzige in der Mannschaft, der nicht weiß, wohin er soll. Schließlich nimmt Lissy ihn mit in Beschlag.

„Ist das erste Mal für dich? Auf einem kleinen Boot raus aufs Meer, meine ich."

„Ich muss zugeben, diese riesigen Salzwasserpfützen habe ich nur einmal mit einer Fähre und das andere Mal mit einem Kreuzfahrtschiff erkundet." Phil versucht, witzig zu sein, doch das geht komplett daneben. Dennoch lenkt ihn seine neue Aufpasserin nach bestem Bemühen ab.

„Du kannst mal den Druckregler von der Flasche halten."

„Ihr wisst alle was ihr zu tun habt. Selbst Ruben. Gestern Abend noch als Gesangsgenie tätig und jetzt als Kapitän eines Schiffes über die stürmische See."

Phils Hände krallen sich an der Bordwand fest, als der Einmaster ein wenig in Schräglage gerät.

„Kann er nicht ein wenig langsamer schippern?"

„Es ist gar nicht schnell."

„Wirklich nicht?"

„Nein. Ruben hat den Motor auf halber Kraft laufen. Normalerweise nutzen wir den rauen Westwind für das große Hauptsegel. Doch momentan ist es fast windstill. Deswegen tuckern wir gemütlich voran."

„Entspann dich, Phil. Genieß die Bootstour."

„Ach, Gloria. Du und deine nie endende Stärke. Was machst du eigentlich?"

Doch statt einer Antwort, winkt sie nur ab und verschwindet in der winzigen Kajüte. Dafür klärt Lissy ihn auf.

„Sie ist am Funkgerät und steht im ständigen Kontakt mit der Wasserpolizei."

„Mit der Polizei?"

Schnell verschlechtert sich Phils Zustand wieder, als ihm die gestrige Rollerflucht und die Verhaftung in den Sinn kommen.

„Keine Sorge, alles normal. Gloria beherrscht solche Dinge perfekt. Ein Polizeiboot wird auch immer in Sichtkontakt sein, wenn wir später vor der Ziegeninsel liegen." Lissy erkennt an Phils ungläubigen Gesichtsausdruck, das er noch nicht ganz verstanden hat.

„Tja, wir sind zwar ein paar Kilometer von Deutschland entfernt, doch auch hier brauchst du Genehmigungen. Um dich in solchen Gewässern aufhalten zu dürfen."

„Wow, ihr habt an alles gedacht. Streng durchgeplant und effektiv umgesetzt. Viele kleine Zahnrädchen lassen das große Zahnrad geschmeidig rattern. Eine Eins a-Schatzsuche, ein Himmelfahrtskommando!"

„Das ist jetzt aber stark übertrieben, Phil. Gut, Ruben ist ein alter Hase auf dem Wasser. Er war schon als kleiner Junge mit seinem Großvater bei jeder Wetterlage hier draußen. Glaub mir, das jetzt zählt zu den einfachsten Überfahrten."

„Mit diesem Boot war er als Kind unterwegs?"

„Ja. Keine Angst, er hat es sorgfältig über die Jahre erneuert und es somit vor dem Schiffsfriedhof gerettet." Phil ist innerlich froh, dass er so eine sympathische Gesprächspartnerin mit an Bord hat. Auf der anderen Seite löst das Wort „Schiffsfriedhof" flaue Gefühle in seinem Magen aus. Schnell besinnt er sich auf die schönen Dinge, weiterreden ist jetzt die beste Medizin.

„Sag bloß Lissy, du gehst tauchen?"

„Ja. Traut man mir gar nicht zu, was?"

„Doch, doch. Dir traue ich das zu. Glaub mir, die wenigen Stunden seit ich auf dieser Insel bin, haben mich immer mehr zum Staunen und Nachdenken gebracht."

„Verstehe. Das ist die Magie einer neuen Umgebung. Andere Menschen und mal raus aus dem ständigen Hamsterrad. Man erhält viele neue Ideen und zusätzliche Kräfte."

„Solche klugen Worte, schon in deinem Alter!"

„Klingt ziemlich reif, oder? Ich denke, wenn ich mit Männern in deinem Alter spreche, sollte das Gespräch ein gewisses Niveau haben."

Mit aller Sorgfalt überprüft sie die Ausrüstung, schon zum dritten Mal.

„Danke für mein Alter. Ich genieße unsere Unterhaltung. Aber benutze ruhig die Sprache der Jugend."

Leo nimmt Lissy die schweren Utensilien zum Tauchgang ab. Geduldig breitet er alles aus und kontrolliert ihre Arbeit zur endgültigen Sicherheit, noch einmal.

„Du klingst lustig, Phil." Lissy strahlt über das ganze Gesicht.

„Deine Sprache der Jugend muss ich täglich mit Manilo und Ruben führen. Da wird über Lehrer hergezogen, die neuesten Liebschaften unter den Studenten ausgewertet oder stundenlang über langweiliges Basketball philosophiert."

„Seit ihr eigentlich ein Paar, du und…". Phil bereut schnell seine vorlaute Zunge.

„Frag ruhig."

„Ich wollte nicht indiskret werden", entschuldigt er sich im vornehmen Ton. Ein Polizeiboot passiert hinter Phils Rücken die Schatzsucher.

„Doch wahrscheinlich bringt das mein jetziger Beruf mit sich. Schlechte Angewohnheit von mir, diese ständige Neugier."

„Was machst du?"

„Ich schreibe Texte. Am liebsten über alte Kulturen, zurückliegende Epochen. Doch das mache ich schon lange nicht mehr. Momentan sitze ich die meiste Zeit in meinem klitzekleinen Büro in unserer pulsierenden Hauptstadt. Und füge Wörter aneinander. Über Promitratsch, was wohl die meisten unserer Leser täglich brennend interessiert."

Gloria und Ruben sehen zwischenzeitlich konzentriert auf die Seekarte und suchen einen geeigneten Platz für den ersten Tauchgang.

„Nur dass dich deine Artikel nie berühren."

„Mit keiner Silbe." Phil streckt die Beine aus.

„Traurig. Aber hier denkst du sie zu finden, dein große Geschichte?"

„Ich hoffe es?"

„Na, da liegt aber nicht viel Optimismus in deiner Stimme."

„Ich gebe mir Mühe. Seit wir mit dem Boot losgefahren sind, hat sich etwas verändert. Ich weiß nur noch nicht genau, was. In meinem Kopf sind momentan gefühlt tausend Gedanken."

„Nun, dann versuche ich mal, einen Teil davon zu ordnen." Lissy versteht Leos geheimes Zeichen, das er hinter Phil kurz aufblitzen lässt. Sie macht das wunderbar, sie soll ihn weiter ablenken, somit ist es für alle bisher eine entspannte Tour.

„Du hast deine Frage von vorhin noch nicht zu Ende gestellt!"

„Ich will dich zu nichts zwingen, du musst nicht darauf antworten. Obwohl ich es gern zu hundert Prozent klar wissen möchte."

Die fangen beide gleichzeitig an zu lachen.

„Hach, das ist gut."

Phil wischt sich dabei zahlreiche Freudentränen aus den Augen. Auch Lissy entfährt ein lauter Lachgrunzer. Blitzartig verändert er seinen Gesichtsausdruck und verfällt in eine Pokermine.

„Manilo, der gutaussehende Sportler oder Ruben, der singende Kapitän. Also gut, meine Entscheidung ist gefallen. Es ist Manilo!"

„Das war nicht so schwer, oder?"

„Ich sage mal so: eine Mischung aus Instinkt und Beobachtungsgabe. Vielleicht auch deine Bemerkung *langweiliges Basketball* von vorhin. Gegensätze sollen sich ja anziehen."

„Da ist schon einiges, was mir an ihm gefällt. Unter der gutaussehenden Hülle steckt auch irgendwo ein Philosoph für anspruchsvolle Gespräche. Ich finde ihn nur zu selten. Gutmütigkeit und Ehrlichkeit sind auch in diesem südländischen Heißsporn zu finden sind."

„Also glattweg eine längerfristige Partie."

„Ich denke, nein."

Diese Antwort überrascht Phil, denn er hält sich ja für einen guten Menschenkenner.

„Er weiß, wie er aussieht. In so manchen Augenblicken spüre ich schon, dass er so manches weibliches Herz erobern und besitzen will."

„Und wie steht es mit dir?"

„Das ist nichts für die Ewigkeit. Hauptproblem ist Manilos Inseltreue. Für mich ist Mallorca nur eine Station."

„Du fühlst dich also als Weltenbummlerin?"

„Das habe ich vor. Schön wäre die Erfahrung, in den Staaten oder Australien eine Zeit lang zu leben. Auch Deutschland für eine geraume Zeit wieder wäre eine Option."

„Mach das, du bist noch jung. Die Welt steht dir offen."

*

„So, ihr beiden Schnattergänse. Wir sind da." Leo setzt sich zwischen die beiden.

„Für dich wird es gleich ernst, Lissy."

„Oder ein weiteres Vergnügen beginnt", antwortet sie keck.

Leo schmunzelt.

„Gut, Phil. Du hast ja die Überfahrt letztendlich gut überstanden. Genieß die Aussicht. Besser, du suchst dir eine ruhige Ecke. Lissy, Manilo und ich brauchen den Platz für die Tauchgänge. Hast du mir zugehört?"

Besorgt schnippst er vor Phils Gesicht mit Daumen und Mittelfinger.

„Ja, es ist schön hier. Wieso schaukelt das Boot schon wieder so?" Seine Hände verkrampfen, die Knie beginnen zu zittern.

„Das Boot schaukelt die ganze Zeit schon. Obwohl die Bezeichnung *leicht wiegen* es besser trifft. Scheinbar hat dir die lange Unterhaltung gut getan, dich abgelenkt. Was ist mit dir? He, dein Abenteuer beginnt!"

„Geht schon wieder. Wo soll ich hin?"
Kreidebleich, wie ein Häufchen Elend sitzt
er neben ihm. Mehrfache Versuche sich zu
erheben, scheitern.

„El sol", vermutet Ruben und deutet auf die
grelle Kugel über ihnen.

„Komm, Phil, ich leiste dir Gesellschaft. Nur
die Sonne ist es nicht, oder?", fragt Gloria
bedrückt. Keine Reaktion, sie rutscht etwas
näher.

„Du hast dir deine Expedition anders
vorgestellt, nicht wahr?"

„Irgendwie schon."

„Hm. Wir sind jetzt am Nationalpark von
Cabrera. Dieser Archipel besteht aus
achtzehn Inseln. Wir sind jetzt hier." Sie
zeigt es ihm auf einer gebrauchten Seekarte.

„Laut zahlreichen Informationen besteht hier
durchaus die Möglichkeit, ein noch nicht
untersuchtes Wrack zu finden."

Phil geht es sichtlich besser, dennoch richtet
sich sein Blick stur und emotionslos auf die

zahlreichen Landfetzen. Die kräftige Salzluft bringt ihn wieder etwas in Schwung.

„Ihr habt alle zusammen so viel für mich getan. Nun bin ich an diesem Ort und mein einziger Wunsch ist... So schnell wie möglich wieder festen Landboden unter den Füßen zu haben. Mir ist klar geworden, Schätze vom Meeresgrund zu heben gehört nicht zu meinem Lebensweg!"

Leo kommt zwei, drei Schritte auf Phil zu. Ihm ist sein Gefühlsausbruch nicht entgangen. Zwar fand er die Idee von Anfang an falsch, doch nun kurz vor dem Ziel will er nicht abbrechen.

„Gib nicht gleich auf. Die beiden sind gut, die finden etwas!"

„Lissy?" In Phils Körper kommt ungewohnte Regung.

„Manilo? Wo sind sie?"

„Da, wo Taucher am liebsten sind. Unter Wasser natürlich", antwortet Leo sarkastisch.

Phil springt auf und drückt sich an Leo vorbei.

„Sie müssen das nicht mehr machen! Holt sie doch hoch!" Hilflos sieht er dabei zu Ruben und zeigt auf das spiegelglatte Meer. Beim nächsten Schritt rutscht er weg und vollführt einen Spagat. Blöd nur, sein Kopf schlägt unsanft auf eine Kante und er rutscht bewegungslos wie ein toter Fisch ins Meer.

*

„Verflucht!" Leo springt mit langen Schritten zur Unglücksstelle. Nichts, nichts von ihm zu sehen, nicht einmal Wasserblasen. Plötzlich huscht ein Schatten an ihm vorbei. Es ist Ruben.

Im Hechtsprung, nur mit Boxershorts bekleidet. Genau dahin, wo der zu ertrinken drohende Schatzsucheverweigerer das letzte Mal Sauerstoff in seine Lunge bekam. Gloria steht hinter Leo und vergräbt ihre Fingernägel in dessen Rücken. In solchen Momenten werden Sekunden zu Ewigkeiten. Endlich erscheint Rubens Kopf, kurz darauf ist auch Phils sichtbar.

„Jawohl! So ein Teufelskerl!", schreit Leo seine Bewunderung und Erleichterung heraus. Wie in bester *Baywatch-Manier* versucht der Rettungsschwimmer Phil zum Boot zu ziehen. Doch die gut fünf Meter zu überwinden, gestaltet sich schwieriger als gedacht. Leo wirft den orangefarbenen Ring präzise vor Rubens Arme.

Erleichtert zieht dieser ihn zu sich und hebt ihn mit einer enormen Kraftanstrengung über Phils Kopf, dieser wirkt bewusstlos.

Ruben kann somit die Arme ausstrecken und mit den Beinen ordentlich paddeln. Leo greift nach dem Ring und zieht Phil endlich an Bord.

Ruben schafft es aus eigener Kraft bis zur Leiter und klettert ausgelaugt zu seiner Mannschaft. Gloria wirft ihm ein Handtuch über, leicht frierend gibt er zu erkennen, dass es ihm gut geht.

Verrückt. Kaum ist Phil aus dem Wasser heraus, ist er schon wieder halbwegs ansprechbar. Gestützt an Leos breiten Schultern entledigt er sich seiner durchnässten Kleidung. Gloria gibt auch Leo ein Stück Stoff zum Trocknen, den er sofort Phil über den Rücken legt. Fürsorglich beginnt er ihn trocken zu rubbeln.

„So den Rest schaffst du allein", ermutigt er ihn und gibt ihm noch einen ordentlichen Klaps auf seinen Katzenbuckel. Dieser Schlag wird zum Auslöser, dass Phil mit Würgen beginnt. Letztendlich übergibt er sich. Leo hält ihn diesmal schnell fest, da er bedrohlich Reling kippt.

„Du hast sicher jede Menge Salzwasser geschluckt, immer raus damit."

„Meine Arme und Beine haben vorhin versagt. Ich war durch das kalte Wasser so geschockt, es zog mich einfach nach unten."

„Alles klar."

„Ich hatte die Augen offen, du glaubst nicht, wie tief es hier nach unten geht. Kein Meeresboden zu sehen. Und plötzlich dieser Ruck nach oben. Wo ist er, wo ist Ruben?"

„Hola". Phil dreht sich in die Richtung und entdeckt seinen Retter in trockener Kleidung neben Gloria. Er mobilisiert all seine Kräfte und wankt zu ihm. Ruben kommt ihm entgegen und fängt ihn auf.

„Muchas gracias!" Phil umarmt seinen Retter.

„Huch, jetzt ist mir aber kalt", gibt Phil zu verstehen, als eine seichte Windbrise ihn streift.

„Wieder ganz der Alte. Hier sind noch zwei Wolldecken aus der Kajüte. Etwas staubig, aber schön warm."

„Danke, Leo." Eingemummelt bis unter den Hals läuft er nun unruhig hin und her. Teils aus fehlender Körperwärme, teils vor Angst.

„Leo, los, hol unsere Taucher hoch. Die müssen das nicht mehr tun, ich will das nicht mehr."

„Die kommen schon von allein nach oben. Sie haben noch Sauerstoff für gut zwanzig Minuten."

„Ich habe kein gutes Gefühl." Nervös trampelt er weiter auf und ab."

„Wenn du so weiter machst, fällst du wieder hinein." Die Warnung wirkt, jetzt beschränkt er es auf ein Wippen mit den Knien."

„Wie gern würde ich mit euch allen da drüben auf einer der Inseln graben. Oder am liebsten mit dem Metalldetektor den Strand absuchen." Phil versucht sich abzulenken.

„Daraus wird nichts. Ist alles Naturschutzgebiet", offenbart Gloria.

„Leo, bitte gib Ruben Bescheid, er soll sie hochholen." Schließlich nickt der Kapitän und betätigt zweimal das Nebelhorn. Leo klopft zusätzlich an die Außenbordwand des Schiffes.

„Wo bleiben sie denn?" Phil sieht im Rundumblick auf jede Bewegung des Meeres. Endlich.

„Lissy dir geht es gut." Er schreit förmlich zu ihr hinunter. Überrascht klettert sie an Bord, Leo nimmt ihr die schwere Flasche vom Rücken.

„Ruh dich aus. Die Expedition ist vorbei", klärt er sie kurz auf.

„Wo bleibt Manilo? Ruben soll noch mal das Horn drücken, vielleicht hat er es nicht gehört?" Phil wird wieder hektischer und knallt mit einem seiner nassen Schuhe gegen die Schiffshaut. Im Rhythmus dreimal kurz, dreimal lang.

„Hör auf, er ist oben!" Genervt zieht hin Leo schon aus dem kalten Nass. Manilo weiß überhaupt, nicht wie ihm geschieht, als Phil ihn eingehüllt in Decken fest drückt.

Nachdem nun auch die beiden Taucher aufgeklärt sind über den vorzeitigen

Abbruch des Abenteuers, stehen alle sechs Crewmitglieder im Kreis vor der winzigen Kajütentür.

Phil spürt wie alle Augenpaare auf ihn ruhen.

„Ihr habt schon Recht, ich schulde euch eine Erklärung. Normalerweise fehlen mir nie die Worte, jetzt ist der Augenblick gekommen."

„Mach es nicht so kompliziert. Sag es einfach geraderaus", lautet Leos eindeutiger Kommentar.

„Als Erstes will ich euch danken. Ohne euren eifrigen Einsatz, würde ich jetzt nicht auf diesem Boot stehen. Doch genau das ist das Problem. Ich stehe lieber vor dem Meer, als darauf oder geschweige denn darin!"

„Du kannst auch an Land bleiben und wir erledigen die Arbeit unter Wasser", meint Lissy, während Gloria für die anderen übersetzt.

„Das ist lieb von dir. Doch ich könnte keine Nacht wieder ruhig schlafen, wenn ihr wegen meiner albernen Schatzsuche taucht."

„Ich akzeptiere deine Entscheidung. Für mich hat dieser Tauchgang dennoch bleibende Erinnerungen geschaffen." Lissy lächelt und fasst sich dabei an ihre Stirn.

„Für mich auch."

Ungewollt gleichzeitig antworten Gloria und Leo. Verdutzt sehen sie sich an. Gloria übernimmt das Wort und spricht aus, was sie denken.

„Tja Phil, wir waren beide nicht für diese Schatzsuche. Wir sind froh, dass es vorbei ist." Leo nickt zustimmend.

„Ich für meinen Teil weiß, dass du dennoch einen Schatz finden wirst. Auch wenn er nicht funkelt", ermutigt ihn Gloria dennoch.

„Wenn du noch Lust hast, kannst du weiter in meinem Grundstück graben." Leos Mundwinkel ziehen sich in die Breite und er grinst.

„Puh, jetzt geht es mir aber besser. Danke für euer Verständnis. Ich komme natürlich für alle Unkosten auf und lasst mich für euch alle kochen. Ach, eine Bitte hätte ich doch noch: Bringt mich so schnell wie möglich, an Land!"

Ruben setzt gekonnt das Segel, bereit, die Reise zu beenden.

*

Bei herrlichem Frühlingswetter ist am nächsten Morgen Treffpunkt in der Kleinstadt *Soller*. Geografisch im Nordwesten gelegen, mitten in der *Serra de Tramuntana*, ein atemberaubendes Gebirge.

„Schön, dass ihr heute noch einmal ein paar Stunden Zeit opfert!" Leo verkündet dies mit einem stolzen Leuchten in den Augen.

„Für eine gute Sache bin ich immer zu haben", offenbart sich Gloria. Als Beweis ihrer Entschlossenheit, trennt sie die unteren Abschnitte ihrer Wanderhose ab.

„Mir ist jetzt schon warm!"

„Respekt, junge Frau. Sehr ansehnliche, durchtrainierte Beine", stellt Leo ungeniert fest.

„Keine Anzüglichkeiten, alter Mann. Heute geht es nur um unsere Umwelt und die eigene Fitness", kontert Gloria frech. Verführerisch zieht sie ein farbenfrohes längeres Tuch ihre Beine entlang, geschmeidig in Richtung ihrer Hüften. Leo schüttelt den Kopf, seine Augen bleiben dennoch an dem makellosen Körper dieser Frau kleben.

Lissy entspannt die Situation und bittet Leo um ihre Arbeitsmittel für die heutige Mission. Ihre Aufforderung zeigt die gewünschte Wirkung.

„Also gut, lasst uns beginnen. Jeder bekommt Schutzhandschuhe und einen großen Müllsack."

„Ich brauche keine Handschuhe. Bei der Wärme verzichte ich auf die schweißtreibenden Überzieher." Gloria schnappt sich einen Sack und geht in Startposition. Lissy folgt ihr fest entschlossen.

„Mir fehlt noch was zu meiner Schutzausrüstung!", ruft Phil in die Runde. Als Antwort bekommt er von den weiblichen Teilnehmern nur ein langes Seufzen.

„Hier ist meine einzige langstielige Greifzange. Darauf bist du doch scharf, oder?"

Leo reicht dem überglücklichen Phil das begehrte Werkzeug. Lissy und Gloria laufen schon los. Das Warten geht ihnen auf die Nerven, außerdem kennen sie die Strecke gut.

„Nun komm schon, Phil. Die Route ist wirklich anspruchsvoll und zeitaufwendig."

„Warte doch." Phil kramt aus dem Jeep noch den Metalldetektor hervor.

„Das ist jetzt nicht dein Ernst. Der bleibt hier."

„Aber ich finde garantiert etwas."

„Jetzt wird nicht unter der Erde gesucht, sondern der Unrat von der Oberfläche entfernt!"

„Ist ja gut."

„So komm jetzt. Lass uns zu den Frauen aufschließen." Nach einer knappen halben Stunde sinkt Phil erschöpft auf einer harten, schmalen Holzbank zusammen. Sie haben ihre weiblichen Begleiter eingeholt.

„Pause, Pause. Mann, legt ihr ein Tempo vor. Ich dachte, es wird noch nach Müll gesucht?"

Phil muss tief nach Luft schnappen. Gloria lacht amüsiert.

„Keine Angst, jetzt wird die Reisegeschwindigkeit gedrosselt."

„Das höre ich gern. Übrigens ein nettes kleines Dörfchen habt ihr hier, So lässt es sich aushalten."

Wie zur Bestätigung rutscht Phil fast in eine Liegeposition.

„Dieses malerische Bergdorf nennt sich *Biniaraix*", äußert sich Lissy euphorisch.

„Ab hier beginnt einer der beliebtesten Wanderwege auf Mallorca. Der *Cami des Barranc*. Ein ehemaliger Pilgerweg durch eine einzigartige Schlucht. Deswegen hoch mit dir. Der Hinweg wird steil und hat es in sich." Leo fühlt sich heute prächtig in einer Art Doppelfunktion, als Reiseführer und Umweltschützer.

„Du machst mir schon wieder Angst. Für mich sollte es nur ein kleines Umweltprojekt werden", gähnt Phil lautstark.

„Heute wird nicht gekniffen. Du bist auf keinem Boot. Ach, ich liebe diesen Weg. Kommt schon, lasst uns anfangen." Leo würde selbst den bequemsten Wanderer motivieren und er setzt noch einen oben drauf.

„Ich will meine Waden brennen fühlen, das ist genau das was ich jetzt brauche!"

„Mir geht es auch so. Jetzt wird gelaufen." Gloria streckt ihren Körper mit akrobatischen Dehnungen in alle Himmelsrichtungen. Mehrere Knackgeräusche sind unüberhörbar.

„Sehr gut, Gloria. Lass uns vorgehen. Leo, du bleibst bei Phil. Treffpunkt ist oben auf Halbzeit der Strecke." Den Männern bleibt keine Zeit, Lissys Vorschlag zu widersprechen. Leo schmunzelt sogar anerkennend, während sich die beiden ansehnlichen Hinterteile dieser interessanten Frauen zügig entfernen. Gern wäre er mit ihnen gegangen.

Für solche Augenblicke lohnt es sich doch zu leben. Mit zwei attraktiven, weiblichen Geschöpfen Sport treiben. An der frischen Luft in einer der schönsten Gegenden der Erde.

Tja, es soll nicht sein. Schließlich besteht die Umweltgruppe aus vier Teilnehmern. Es wird Zeit, sich intensiv um die bequemste Person zu kümmern.

Tatsächlich, er sitzt schon wieder in Schlafstellung, den Sonnenhut tief im Gesicht. Das gibt es doch nicht, seine Augen sind um diese Tageszeit geschlossen.

Doch unerwartet fährt sein Kopf nach oben.

„Keine Sorge, ich schlafe nicht."

„Das ist schön für dich. Dafür kann ich dir versprechen, die nächste Nacht wirst du ruhen wie ein Toter."

„Und wie füllen sich die Beutel für den Unrat, wenn das hier zum Sportfest ausartet?"

„Oh, du hast den Schalter für den Motzki-Modus wieder schnell gefunden. Komm hoch jetzt. Ich erkläre es dir, während wir zügig laufen."

„Wir holen die zwei so schnell nicht ein, oder?"

„Darauf kommt es nicht an. So verlockend es auch wäre. Lass sie laufen, Phil. Wir müssen nicht immer zusammen hängen."

„Hut ab, das aus deinem Mund! Scheinbar können sich Menschen doch ändern. Daran habe ich nie geglaubt."

„Tief in meinem Inneren wird immer dieser Trieb schlummern. Ich gehe es halt ruhiger an."

„Oder du lernst zu verzichten."

„Unangenehme Vorstellung. Doch möglich ist alles im Leben. Nun aber los." Leo umkurvt mit seinen nächsten Schritten eine breite Wasserlache. Ein Andenken vom zurückliegenden Unwetter.

„Warte nochmal kurz. Auch wenn es keine Schätze sind, meine Augen erspähen den nächsten Müll sofort." Phil observiert in aller Ruhe das umliegende Territorium.

„Später, denk daran, dass wir noch ein ganzes Stück bergauf gehen."

„So eine Plastikflasche ist nicht schwer. Ich dachte, das ist der Sinn des Ausfluges?"

Um nicht zu brüllen, lässt sich Leo die wenigen Meter nach unten treiben. Auf Augenhöhe mit Phil erklärt er seinen Plan.

„Sicher, aber geplant habe ich es so. Den Aufstieg auf knapp neunhundertfünfzig Höhenmeter als zügige Wanderung. Na, und den Rückweg bergab, die unbrauchbaren Schätze aufsammeln."

„Klingt einleuchtend. Dann lass uns mal Meter machen. Von nun an wirst du immer meinen Atem in deinem Nacken spüren."

„Sehr verlockend."

Leo sieht dennoch zufrieden auf den sonnenverbrannten Wanderamateur. Für ihn bricht er sogar eine seiner Regeln und befreit den Weg jetzt schon von einer ausgeblichenen, leeren Chipstüte.

Noch ist der Anstieg nicht so sehr zu spüren und Phil knipst eine große Anzahl von

Aufnahmen mit seiner Kamera. Doch seine Zwischenspurts sollten sich rächen.

*

„Es gibt so viele Motive. Und verliebt habe ich mich auch schon."

Zu mehr Worten reicht es nicht. Phil bekommt Atemnot. Sein ortskundiger, erfahrener Begleiter drosselt die Geschwindigkeit drastisch.

„Verliebt? Ich habe seit Minuten kein menschliches Geschöpf hier draußen gesehen." Phils Brustkorb hebt und senkt sich merkwürdig auf und ab.

„Kein Mensch. Hier vor dir." Erneute Atempause.

„Diese einsame Finca. Traumhaft eingebettet mit zahlreichen Obst-oder Nussbäumen!"

„Das sind winzige Zitrus- und Mandelplantagen", berichtigt ihn der gelernte Landschaftsgärtner.

„Auch wenn es keine Frau ist, du hast einen guten Geschmack. Und vergiss nicht, das Angebot steht jederzeit." Phil erholt sich nur schwer und schaut verwundert.

„Was meinst du?", fragt er erstaunt. Leo erkennt, dass sein Wanderpartner eine kleine Verschnaufpause braucht. Ein großer Felsbrocken dient als provisorische Sitzgelegenheit.

„Öfters hast du jetzt schon erwähnt, dass dir diese Insel gefällt. Bleib einfach hier."

„Ach, angenehm warm ist es auf diesem Stein." Beschwingt rutscht sein Hinterteil hin und her.

Leo lächelt gequält. Manchmal versteht er Phil nicht. Eben noch verschwitzt und abgekämpft. Im nächsten Augenblick seine Marotte mit dem Frieren. Egal, nicht überbewerten, jeder hat seine Macken.

„Du willst eine Antwort, zu Recht", gibt Phil ernsthaft von sich. Die Pause bekommt ihm gut.

„Ich will gar nichts. Es liegt alles in deinen Händen."

„Gut, du kennst mich eh am besten. Vor großen, wichtigen Entscheidungen habe ich mich stets gedrückt. Nicht wegen arbeitstechnischen Dingen." Energisch fuchtelt Phil mit seinen Händen.

„Keine Sorge. Da warst du mir immer ein leuchtendes Beispiel an Sorgfalt und Disziplin", bestätigt Leo.

„Bis zur momentanen Situation zumindest, aber das traue ich dir zu. Das bekommst du geregelt", fügt er noch hinzu.

„Danke. Ach, Mensch, Leo. Um es kurz zu machen, ich trau mich nicht. Obwohl ein Teil schon, dann wieder nicht. Im nächsten Augenblick wieder weg vom alten Leben, gleichzeitig wieder die gewohnte Sicherheit."

„Sicher solltest du dir sein." Leo stärkt sich mit einem Schluck Tee aus seiner Thermoskanne. Eine spezielle Kräutermischung, ein Geschenk von Phil. Nach dem ersten Schluck folgt ein herzliches: „Hm, lecker!"

„So Hals über Kopf Entscheidungen, da fehlt mir der Mut." Zufrieden sieht Phil auf Leos Trinkbecher und fügt stolz hinzu: „Eisenkraut, Holunderblüten, Misteln,

Koriander und noch so einiges mehr. Alles
Bio!"

Leo zwinkert anerkennend. „Akzeptiert, so
etwas kann halt nicht jeder. Teemischen und
auf sein Bauchgefühl hören, meine ich.
Themawechsel. Was wird aus deiner
Schatzsuche?"

„Da muss ich komplett umdenken. Aber
dafür habe ich in den zurückliegenden
Tagen andere Schätze gesehen und
gefunden. Einiges gelernt und trotz einiger
Angstphasen viel Spaß gehabt." Freundlich
grüßen beide einen vorbeikommenden
Wanderer.

„Mir ging es fast ähnlich. Kannst du dir
vorstellen, was für mich das Schönste war?"

„Die Gesellschaft von zwei bildhübschen
Frauen?" Gleichzeitig grinsen sich beide an,
wobei Leo sich in einen Lachanfall
reinsteigert.

„Ich finde es auch schön. Aber warum bleibt
dir fast die Luft weg?", will Phil wissen.

„Die Frauen natürlich auch. Aber in erster Linie, du wirst es nicht glauben". Er holt tief Luft und wischt sich zahlreiche Tränen aus den Augen. „Deine Anwesenheit, einfach deine anstrengende, amüsante Art."

„Normalerweise sind die meisten Leute froh, wenn ich wieder gehe."

„Gewisse Pausen braucht man von jedermann. Trotzdem war es herrlich. Abends im Bett zu liegen und mir lustige Bilder des Tages ins Gedächtnis zu rufen."

„Keine weiblichen Umrisse?" Phil hakt noch einmal nach.

„Sicherlich auch. Doch dieses Krabbeln im Zwerchfell stammt von unseren Erlebnissen. Ich kann mich nicht mehr erinnern, wann ich das letzte Mal so eine Art von Bauchschmerzen hatte."

„Also lachst du mich aus?" Phils Stimme hat einen beleidigten Unterton.

„So ein Quatsch. Gut, zu einem kleinen Teil sicher. Versteh das nicht falsch, ich bin gern mit dir zusammen. So, nun lass uns einen Zahn zulegen."

Fast im Dauerlauf absolviert Phil die nächsten Meter. Selbst Leo fällt es schwer Anschluss zu halten. Phil zahlt seinem hohen Anfangstempo jedoch schnell Tribut. Der Streckenverlauf wird immer mehr zu einem serpentinreichen Anstieg.

Klar, er spürt es als Erster, sein Körper sendet ihm eindeutige Signale. An jedem anderen Tag hätte er seinen Beinen jegliche weitere Bewegung verboten. Doch diesmal setzte er sich weit über seine Grenzen hinweg. Denkt er zumindest.

Leo will helfen. Dezent drückt seine Hand Phils Rücken. Momentan hat er das Gefühl, es liefe eher rückwärts als voran.

„Finger weg. Schaff ich allein." Seine Augen fixieren ein Tor mit der Aufschrift *Privado*. Unglaublich. Wie von einem unsichtbaren Magneten wird er von diesem Etappenpunkt angezogen. Nur noch wenige Schritte. Endlich. Seine Knie geben nach, er legt sich der Länge nach ins Gras.

„Hier, trink was." Leo gönnt sich ebenfalls eine Auszeit. Er lehnt sich an einen Baum und atmet die stark duftende Bergluft ein. Phil gefällt das Liegen und er wechselt wieder in sein Lieblingsfachgebiet, das Schnattern.

„Vorhin haben wir nur über mich geredet. Wie geht es bei dir weiter?"

„Du meinst die Sache mit dem Basketball?"

„Ganz genau."

„Ich bin mit Manilo im Kontakt. Ich hoffe, in den nächsten Tagen schon etwas zu erreichen. Eins weiß ich jedoch genau, ich habe zu hundert Prozent Bock auf die Sache!"

„Du Glücklicher, wo nimmst du nur den Mut her?" Phil steckt sich einen Grashalm zwischen die Lippen und kommt wieder ins Wanken.

„Oder bleibe ich doch hier? Du könntest Hilfe gebrauchen, Gloria mit den benachteiligten Kindern."

„Wir wissen beide, das will sie allein schaffen. Von mir hörst du, so oder so."

„Mir wird schon wieder so flau im Magen, wenn ich an zu Hause denke."

Leo tritt einen Schritt an Phil heran.

„Glaub mir, viele meiner Arbeitstage sind auch stupide. Der Alltag ist nie einfach. Du hast dir auch ein Leben aufgebaut. Momentan bist du nicht der Typ für einen radikalen Neuanfang. Was überhaupt nicht schlimm ist. Das Entscheidende ist doch, du willst etwas ändern. Dann mach es halt Schritt für Schritt, bleib dran. Du hast genug Potenzial, stehst nicht allein da. Glaub mir, du machst deinen Weg."

Phil holt tief Luft.

„Du bist einfach klasse. Du wärst ein super Seelsorger."

„Quatschkopf." Leo beginnt auf der Stelle zu treten. Es ist ihm anzusehen, dass die Pausenzeiten ihm zu lang sind.

„Das meine ich ernst. Falls dir die körperliche Arbeit zu schwer wird, könntest du umsatteln."

„Ich belasse es erstmal beim Hobby."

Es ist nicht zu überhören, dass Leo lieber anderen Mut zuspricht. Was sein eigenes Leben angeht, hüllt er sich lieber in Schweigen.

„Eine Sache interessiert mich noch. Wie verfährst du mit deinem Chef?"

„Mir ist egal, was er davon denkt. Die vergangenen Tage hier waren meine Schatzsuche. Ich schreibe einen Reisebericht mit den Schönheiten der Insel, Lebensfreude der Einheimischen und ihre Alltagssorgen. Das Ganze kombiniert mit Fotos, Zukunftsträumen und ein bisschen Lebensweisheiten. Die Texte können neugierige Menschen inspirieren. Für die Leser und mich mache ich es. Soll er denken, was er will, ich mache es nicht für ihn."

„Dein erster Schritt zur Veränderung."

„Diese Reise gibt mir den Mut, das ist mein Plan."

„Sehr guter Plan. So, genug philosophiert. Noch sind wir nicht am Ziel."

„Weiterlaufen? Weißt du, worauf ich jetzt Lust habe?"

„Schieß los."

„Ich würde jetzt gern ein Kippchen rauchen und hier liegen bleiben."

„Ein anderes Mal." Leo reicht ihm die Hand und zieht ihn auf die Beine.

„Hier, durch Privatbesitz?", fragt Phil ungläubig.

„Kein Problem für Wanderer, los geht's."

Nach einer knappen Viertelstunde kommen sie an eine Weggabelung. Phil versucht sich zu orientieren.

„Wir verlassen den rot-weiß markierten Wanderweg?"

„Richtig. Der *Mirador Xin Quesada* ist unser Ziel."

„Gut, dann also den kleinen Trampelpfad, den die putzigen Steinmännchen markieren, folgen. Na, da sind wir ja gleich da."

Leo verschweigt ihm lieber, das aus dem gleich da noch eine gute Stunde wird.

*

Am Ende des Weges langweilen sich Gloria und Lissy. Diese Tour stellte sie nicht wirklich vor eine große Herausforderung.

„Ich kann nicht länger hier rumsitzen, komm lass uns den beiden entgegen gehen."

„Ich schlage vor, wir warten. Leider liegt hier und da reichlich Unrat. Für uns jedoch der beste Zeitvertreib."

Lissy geht auf den Vorschlag ein und entfernt schon den ersten Müll vom Erdboden.

„Wie läuft es zwischen dir und Manilo?"

Gloria wird fast erdrückt von der Stille hier oben.

„Wir kommen gut miteinander klar."

„Wie die große Liebe hört sich das aber nicht an?"

„Ich bin eh nicht der Typ Frau, der zu schnell klammert. Momentan habe ich kein Interesse an einer festen Beziehung. Meine Freiheit ist mir lieber."

„Geht mir genauso. Weiß Manilo davon?"

„Ach, komm schon, Gloria. Ihr unzertrennlichen Geschwister redet doch über alles. So wie ich dich einschätze, hast du ihn zu diesem Thema schon längst genervt."

Gloria unterbricht ihre Müllsammelaktion und ist sichtlich angetan von der Offenheit der jungen Deutschen.

„Wenn es um dich geht, hüllt er sich in endloses Schweigen."

„Nun, meine Art ist es nicht, jemanden auf die Folter zu spannen. Also Klartext, wir kennen unsere Gefühle füreinander."

Gloria widmet sich wieder ihrer heutigen Aufgabe. Äußerlich entspannt, innerlich glücklich. Sie versucht ihre Zufriedenheit zu verbergen, doch Lissy trifft genau ins Schwarze.

„Sag ruhig, dass du froh bist. Manilo hat auch ein wenig über dich erzählt. Dir fällt es verdammt schwer, eine andere Frau in eurem Leben zu akzeptieren. Irgendwie kann ich das auch verstehen."

Gloria muss zugeben, dass ihr Lissy immer sympathischer wird.

„Schade eigentlich, momentan könnte ich mich an dich gewöhnen."

„Danke. Ich schätze mal, dass dieses Kompliment noch nicht viele Frauen zu hören bekommen haben."

„Stimmt. Also Freundinnen?"

„So sei es."

„Da Freundinnen ja über alles reden..." Gloria kann den Satz nicht vollenden.

„Oh je, jetzt geht es los. Wenn ich das gewusst hätte." Ein gemeinsames Lachen besiegelt das Bündnis.

„Du willst Einzelheiten hören?" Lissy stopft währenddessen ein Paar abgelatschte Schuhe in den Sack.

„Si. Nicht bis ins kleinste Detail. Einfach den wahren Grund."

„Ich will die Insel verlassen. Tja, das ist bei Manilo das Letzte, was in Frage kommen würde."

„Versucht es doch mit einer Fernbeziehung. Könnte ich mir bei dir vorstellen."

„Ist alles schon besprochen, Gloria. Das wollen wir beide nicht. Da sitzt auch die Hauptsorge von deinem Bruder."

Der Wanderer dem schon Leo und Phil begegnet sind, hat auch die Frauen eingeholt. Überglücklich bedankt er sich bei ihnen für die Erhaltung der Natur. Zum Abschied rüstet er sich mit einem Beutel und Handschuhen aus.

„Du meinst Manilos Eifersucht?"

„Als ersten Punkt. Nicht, dass du mich falsch verstehst. Wenn der andere Acht auf dich gibt, ist das ein schönes Gefühl. Doch leider sind in letzter Zeit öfters Anzeichen von unangemessener Eifersucht aufgetaucht. So will ich nicht meinen Lebensweg bestreiten."

„Normalerweise unterstütze ich meinen Bruder, wo ich kann. Doch in diesem Punkt gebe ich dir völlig Recht."

„Nur ein kleiner Rat. Häng dich nicht überall hinein. Lass ihn machen, auch wenn nicht alles richtig ist. Du musst nicht mehr die Mutterrolle spielen. Lass ein wenig locker, er beschwert sich schon dauernd. Sei wieder mehr die große Schwester, das braucht er dringender."

Lissys Argumentation muss sie erstmal verdauen. Früher wäre sie explodiert. Mag es an der frischen Luft liegen oder ist es Lissy geschuldet, die es offen anspricht. Gloria scheint eine unerträglich schwere Last vom Herzen zu fallen. Einen Gefühlsausbruch unterdrückt sie, das hat sie sich auf ihrem zerrütteten Lebensweg antrainiert. Sie lächelt.

„Ich werde es mir merken." Still denkt sie für sich, das tat überhaupt nicht weh. Einfach mal was zugeben. Schnell lenkt sie jedoch wieder auf das eigentliche Thema zurück.

„Du bist mir noch den nächsten Punkt schuldig", kontert sie bevor ihr die Tränen in die Augen schießen.

Lissy schmunzelt. Sie bemerkt, dass auch Gloria nahe am Wasser gebaut ist. Sie entscheidet sich, sie nicht weiter zu belehren und in die Tiefe zu bohren. Schließlich bewundert sie diese Frau auch.

„Neben der Eifersucht ist es die Treue. Kurz gesagt, da würden wir beide niemals unsere Hände ins Feuer legen. Wir wollen noch was erleben, etwas ausprobieren. Wie auch immer."

„Wie geht es dann für dich weiter?"

„Ich werde Phil fragen, ob er mich mit nach Deutschland nimmt."

Gloria zieht die Augenbrauen hoch.

„Nicht, was du denkst!" Lissy schüttelt energisch ihren Kopf.

„Ich mag ihn als Freund. Auch wenn er teilweise verrückt ist, denke ich, hat er was auf dem Kasten. Er ist jemand, der mein Leben bereichern kann."

„Das denke ich auch. Für eine gewisse Zeitspanne zumindest."

*

„Habe ich da gerade meinen Namen gehört?" Wie auf Knopfdruck erscheint das Schlussteam im Endspurt. Erschöpft fällt Phil in die Arme von Gloria.

„Gratuliere, wir sind am Ziel. Darf ich vorstellen: der *Mirador Xin Quesada*. Eine Aussichtskanzel über dem Tal von *Soller*."

Leo schwärmt mit leuchtenden Augen. Für einen langen Augenblick genießen alle vier das hier gebotene Panorama.

Der Abstieg verläuft erfolgreich. Wie emsige Ameisen krabbeln sie am Wegesrand entlang. Leider viel zu schnell sind die Müllsäcke mit Unrat gefüllt. Leo ist stolz auf seine Mannschaft.

Zum Dank spendiert er ihnen in seinem Geheimtipp Kaffee und Kuchen. Das kleine Lokal ist von außen überhaupt nicht zu erkennen.

Dennoch sitzt man gemütlich und schmiedet eifrig Zukunftspläne. Besonders Lissy und Phil haben Großes vor.

„Einverstanden. Ich mache es." Phils Reaktion auf Lissys Frage überrascht nicht nur ihn in der kleinen Runde.

„Auf ins nächste Abenteuer. Super, dass du sie bei dir aufnimmst." Leo zeigt sichtliche Bewunderung.

„Ich kümmere mich um dich. Und mit deinen verschiedenen Fremdsprachenkenntnissen finden wir zusammen etwas für dich." Gierig verschlingt Phil dabei das zweite Stück Kuchen.

„Nicht irgendwo. Ich habe da schon eine konkrete Vorstellung. Beim Auswärtigen Amt in verschiedenen Botschaften weltweit mein Können zu beweisen. Das ist meine Zukunftsversion, an der ich hart arbeiten werde."

„Das sind hohe Ziele, aber warum nicht? Wenn man fest an seinen Traum glaubt und arbeitet, geht er in Erfüllung."

Die aufmunternden Worte kommen von Leo. Und sein liebevolles Zwinkern ist besonders anspornend.

„Viel Glück, großes Mädchen." Leo drückt Lissy innig.

„Wartet bitte, ich möchte eine Aufnahme von euch machen. Ein Foto von meinem gefundenen Schatz."

Zufrieden, nachdenklich und dankbar sehen Leo, Gloria und Lissy in die Kamera. Alle sind bereit, die nächste Schatzsuche des Lebens zu bewältigen.

Ende

Ein paar Erklärungen…

Adios	Tschüss
Amor	Liebe
Aqui Vamos	Auf geht's!
Bien hecto	Gut gemacht
Cabrera	Ziegeninsel
cuidate	pass auf
Diablo	Teufel
Sol	Sonne
Estoy bien gracias	Danke, mir geht es gut
Estudiantes	Studenten
Hola	Hallo
Hernana Mayor	Große Schwester
Jesus Cristus ayuda	Jesus Cristus hilf

Les va bien?	Geht es Ihnen gut?
Mirador Xin Quesada	Aussichts-kanzel
Montuiri	Kleinstadt
Muyeres	Frauen
No	Nein
No problem	Kein Problem
Port de Antrax	Ehemaliges Fischerdorf
Puerco	Schwein
Querida hernana	Liebe Schwester
Sinco, quattro	fünf, vier
Tenenos que esperar la tormenta!	Wir müssen den Sturm abwarten!

Tienes un problema?	Haben Sie ein Problem?
Un momento, por favor	Einen Moment, bitte

***

Zeitfracht Medien GmbH
Ferdinand-Jühlke-Straße 7
99095 Erfurt, Deutschland
produktsicherheit@kolibri360.de